寒河尼物語

小山の母

知久 豊

随想舎

思川の堤上に建つ小山政光と寒河尼の石像

はじめに

栃木県小山市の歴史を語るとき、多くの人は寒河尼《さむかわあま》という女性と出会う。
寒河尼とはどういう人と問われれば、昔々、「地頭」という偉い領主様だった方だよ、からなかなか前に進まない。これが私の姿であり、少なくない人が私同様この類でなかろうかと思われる。

平安時代末期から鎌倉時代初期、小山の地を中心に北関東地域に全国屈指の強国を作り上げた親子がいた。小山政光と三人の息子（朝政、宗政、朝光）である。その政光の妻であり、三人の息子を育て小山氏繁栄の礎《いしずえ》を築いた女性が、本書の主人公寒河尼である。

寒河尼の「かわ」は、「川」と表記してある書が少なくない。本書では、「川」は小さな「かわ」をいい、一方、「河」は激流となる大きな「かわ」を表す（学研『漢和大辞典』）ことから、激動の時代をたくましく生き抜いた寒河尼の生涯にふさわしいと思われる「河」を採ることにした。ちなみに、寒河尼を地頭職に任命した源頼朝袖判下文《そではんくだしぶみ》も「河」と表記している。

寒河尼には、詳らかでない、不明な点が多く謎の人物である。彼女に関する研究書・論文は少なくないが、吾妻鏡記載の「隅田の宿での源頼朝との再会」や「地頭職に補任されたこと」およびその周辺記述が多く、幼少期や晩年（九十一歳で死亡）に言及したものはほとんど目にしたことはない。驚いたことに寒河尼の本名さえ分からない。寒河尼の名称は、夫政光が死亡した後に出家した際の法名なのか、後世の人が命名したのかも分からない。

本書では、寒河尼を「めでたい」「みずみずしい」などの意を持つ「瑞」の字をあてた「瑞子《ずいし》」と名付けてみた。

瑞子の名で話を進めていくので御承知願います。

小山の母　寒河尼物語

目次

小山の母　寒河尼物語

1　宮仕え

平安時代の貴族社会は、美しくきらびやかなたたずまいをみせながら匂やかに恋を歌い、花や鳥を、そして月を賞で、不平、不満のない華やかな楽園を醸しだしている。

その頂点にいた太政大臣藤原道長は、

この世をば　我が世とぞ思う　望月《もちづき》の
　欠けたることの　なしと思えば

と詠い、権力を揮《ふる》い、栄華を誇示していた。
しかし、貴族全盛時代は、道長が我が世の春を謳歌《おうか》していた寛仁二年（一〇一八）ころを頂点に陰りがみえはじめ、以後、徐々に下り坂を転げ落ちていった。

約一二〇年後の保延年間（一一三五〜四一）には相次ぐ藤原氏の内紛、皇位継承を巡る皇室内の抗争、これらの争いに乗じた武士の台頭など統治形態のほころびが目立ち始め、国全体が大きな変革期を迎えようとしていた。


このような時代に八田瑞子《ずいし》（後の寒河尼）は、この世に生を受けた。

瑞子の父は八田宗綱という京の都に居住する中流貴族の一人であり、御所を警護する武者所の武士でもあった。また、常陸国小栗御厨《みくりや》（現茨城県筑西市八田）を領地としていたことから東国の武士という人もいた。

宗綱は、京の都で生まれた赤子が変遷きわまりないこの世の中で、娘として、女として美しく生気豊かにみずみずしく育って欲しいとの意を込めて「瑞子」と命名した。

八田家の長女として大切に育てられた瑞子は、物心がつく年齢になると、いわゆる姫君の手習いとされる〝貝合わせ〟〝歌詠み〟などの遊びに興味を示さず、〝蹴鞠《けまり》〟などの野外遊びや動物飼育に熱中し、お転婆娘という評判を得るようになっていた。

宗綱は、こうしたお転婆娘の瑞子を横目にみて注意することもなく、何を思っている

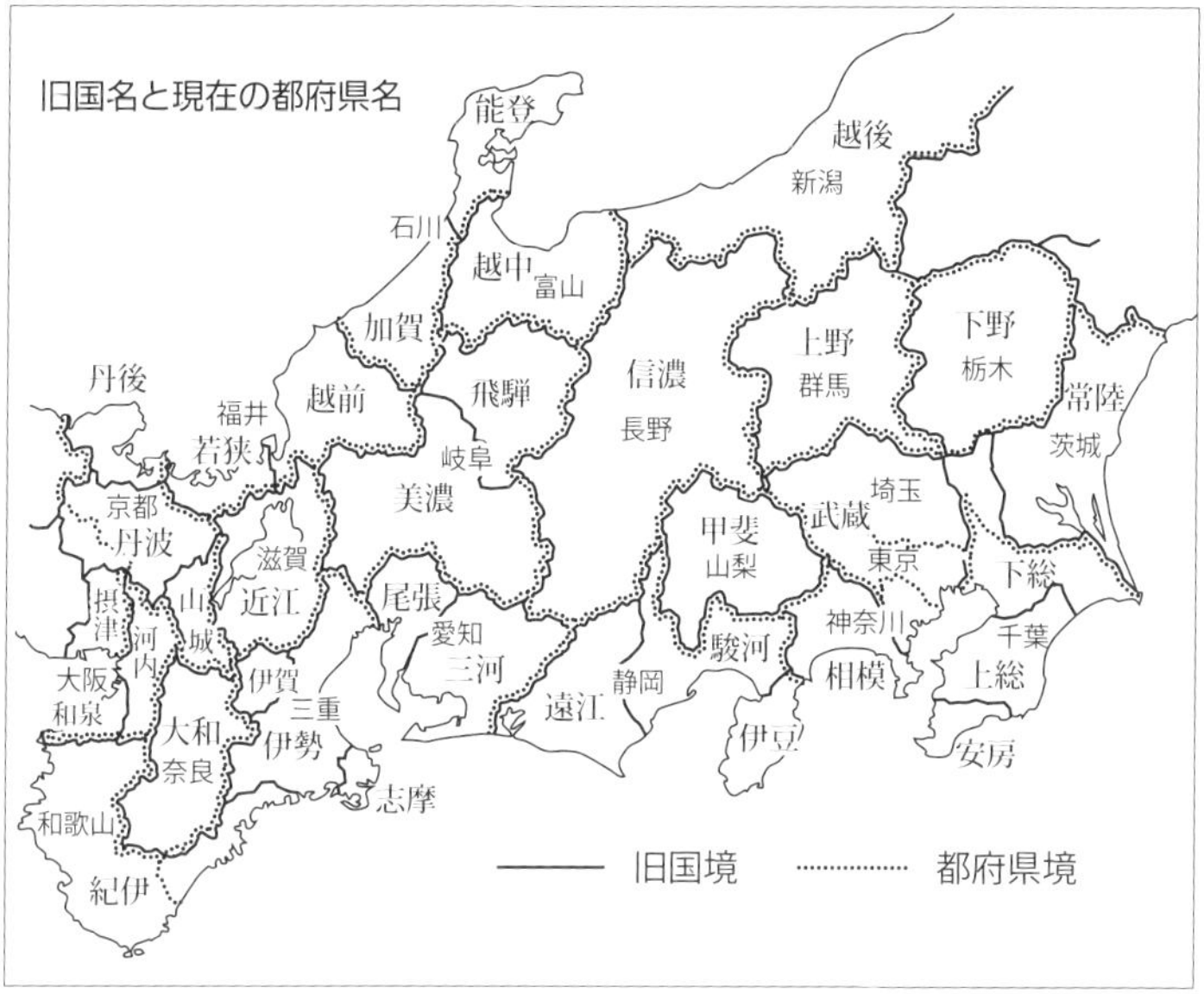

旧国名と現在の都府県名

のか黙して語らずだった。

瑞子が十歳になると、宗綱はこれまでの放任主義の態度を一転させ、京育ちの母志乃の強い反対にも拘らず乗馬の訓練を始めた。

宗綱の指導は厳しかった。

「東国の武士の嫁になるには、馬を乗りこなせることが最低の条件」

と口癖のように繰り返し、幼い瑞子は馬から転げ落ちることも、振り落とされることも一度や二度のことではなかったが、顔色一つ変えるでもなく訓練を続けさせられた。ときには馬の背から転げ落ち、泣き叫ぶ姿を見て「意気地なし」と眉をつり上げ、恐ろしい形相で怒鳴ったり、鞭で尻を叩くこともあった。

このような父を瑞子は嫌った。また坂東武者の血をひく自分の運命を呪《のろ》った。女子に生まれたことも恨みに思えた。いずれにせよ、瑞子は乗馬の訓練から逃れたかった。

しかし、瑞子は動物を飼育するのが性に合うのか、皆が嫌う馬房の掃除を雑人《ぞうにん》任せにせず、自ら進んで行っていた。また、父が「瑞子専用の馬」と言って買い与えてくれた馬を「アオ」と名付け、一日中共にすごしている姿もたびたび見られた。

瑞子は、動物好きが功を奏したのか、天性の素質が備わっているのか、父の指導方法に苦しみ、葛藤を続けながらも乗馬術はメキメキ上達していった。

三年後には、鴨川辺りを全力疾走するアオの姿が毎日のように見られるようになった。娘姿の騎手が人馬一体となって、全力疾走する姿が道往く人の注目の的となり、賞賛する人もいれば、「娘がなんという姿で」と、見送る人も少なくなかった。

ある日の朝、いつもどおり瑞子が愛馬アオを駆って、かけ声勇ましく鴨川辺りを走り抜けていったとき、屈強そうな武士数人に警固された牛車《ぎっしゃ》が、アオの走行を妨げないように道端に駐車してあった。牛車の中には高貴な奥方とみられる女がじっと目を凝らして、瑞子をみつめていた。もちろんその様子を瑞子は知る由もなかった。

瑞子が乗馬の面白さ、技術の奥深さの虜になっていた仁平二年（一一五二）の春、宗綱が院の警備を司る武者所に勤務していた関係で、互いに知り合いとなり、親しくしている皇后多子《たし》付きの女房光子《こうし》から、瑞子を光子の侍女として参内させて欲しいとの依頼があった。

応諾すべきか否か、瑞子は迷った。

万人が羨むような美しく豪華な建物が建ち並ぶ御所内で、高貴な方々に交じって働けるという喜びと、その名誉にあこがれるものの、容姿が十人並みの自分が美人揃いの一団に交じっては、惨めな思いをするだけではという不安がつきまとい、どちらを選択すべきか決心できなかった。

宗綱は、瑞子のそのような表情を読みとり、

「現在の内裏の状況を話してやろう。わしの考えも入っているので、他言はしないように」

と前置きして、長々と瑞子に理解できるようにかみくだいて語った。それは次のよう

なことだった。

今上天皇である近衛天皇は、多子様を皇后に迎えられると間もなくして、呈子《ていし》という娘を皇后より上位の身分とされる、中宮という身分を与えて入内させた。このため、「一帝二后並立」という事態が現出した。

一帝二后の例は、一条天皇（在位九八六〜一〇一一年）の中宮に摂政藤原道隆の娘定《てい》子《し》と左大臣藤原道長の娘彰子《しょうし》との例がある。道長は、長女彰子（十二歳）を中宮とするに際し、中宮であった定子を皇后にするという前例のないことをやり、強引に一帝二后並立という事態をつくってみせた。

このことからみても、中宮が皇后より優位な立場であることが明らかであり、皇后多子は中宮呈子の後塵を拝することになった。

これは、多子が左大臣藤原頼長の養女であることに比し、呈子は、左大臣より上位である、関白の職にある藤原忠通の養女であるという後盾の力関係によるものといえる。

中宮呈子派と皇后多子派における争いは、陰湿をきわめ、ときには暴力沙汰に発展することも少なくなかった。近衛天皇は最初のころは呈子と多子を均分化して訪れていたが、力関係が呈子方優勢となるに従い、呈子側で過ごす時が多くなって多子を悲しませた。

後宮の女官たちは状況を読むことに秀でており、多子付女房をはじめ多子関係女官は宿下《やどさが》りと称する退官を願い出る者が少なくなく、次第に日常生活に不便をきたすような人手不足に陥ってしまった。

そこで瑞子に行儀見習いという軽い気持ちでお願いしたいとの申し出がなされたというわけである。

しばらくして瑞子は迷いに迷った挙句、応諾することにした。きらびやかな生活がしてみたいという少女心が躊躇《ちゅうちょ》する気持を押しのけたのである。

八田家では、瑞子が内裏へ出仕する十日前に急遽、下部、雑色にいたる全員参加の下に瑞子の裳着《もちゃく》の儀を執り行った。

裳着の儀は、女の成人式ともいうべき儀式で、当時は十二歳から十四歳ぐらいの娘に行うのが一般的で、特別瑞子の十四歳という年齢は早くもなく、遅くもないという年齢であった。

裳は下半身につける長いスカート状の衣服で、したばかまともいい、裳を身にまとうことによって一人前の女として世間から扱われるようになる。出仕する十日前に裳着の儀を行うということは、一人前の女として世に出してあげようという親心といえよう。

儀式の最も重要な役目である最後の腰紐を結ぶ〝腰結役〟を、慣例にならって宗綱が行ったが、そのとき父宗綱の目からうっすらと涙がこぼれ落ちるのを瑞子は見逃さなかった。そして一言、「こんなに大きくなりやがって。これからは自分を大切にな」とそれは聞き取れぬような小さな声だった。

母志乃が朝から笑顔を絶やさずに、にこやかに振舞って、娘が成人となる喜びを体全体で表している姿と対極をなす父の姿に驚かされた。と同時に、このときの父の姿は忘れえぬ光景として、瑞子の心にいつまでも留めおかれることになった。

出仕の日が近づくに従い、あの立派なきらびやかな門をくぐると邸内はどのような美しい世界が広がっているのだろうかとの期待や好奇心がだんだん萎《しぼ》んできて、反対に自分は勤められるのだろうか、自分で大丈夫なのだろうかという不安が大きくなってきた。

こうして宮中にのぼった瑞子は、皇后関係の事務をつかさどる皇后宮職に配属させられた。宮廷での生活で最も驚いたことは、各種行事が多いことで、元日の四方拝から大晦日の夜の追儺《ついな》にいたるまで約二百種あることだった。多くはその準備と後片付けに費やされたが、その他与えられた仕事は関係事務を執ったり、各室の掃除や、皇后がお使いになるお手水や髪をごらんになる鏡の準備などのほか、女官たちの私用の手紙の取次ぎなど細々とした雑事であった。

なかでも好きな仕事は、女房たちが日常服である小袿《こうちき》から十二単《ひとえ》へ着替えをする手伝いであった。いつかは着れるだろうと、美しい着物を一領二領と重ねて着て正装した十二単姿の自分を思い描いていくのが楽しかった。

このような宮中での生活は、見るもの、するもの全てがもの珍しく新鮮で、言葉では言い表せないものばかりであった。さらに行儀と称する堅苦しい日常動作の細々としたしきたりや言葉使いも厳しく指導された。

こうした生活が功を奏したのか、みるみるうちに粗野だった瑞子の諸動作がたおやかな女性らしく変貌していった。

しかし、宮中での生活になれるに従い、宮中での生活は雅びやかで華やかな外面と陰湿な争いのある内面があることが分かってきた。それは中宮派と皇后派の二派の女官たちの争いである。いじめ、悪罵《あくば》などが飛び交う、目を覆うような陰湿で激しいものであった。

近衛天皇は、藤原氏や鳥羽上皇の圧力によって、わずか三歳にして即位され、十二歳の若さで皇后多子と中宮呈子を相次いで入内させざるを得なかったという実権なき帝王であった。

こうした経過を辿って生まれた一帝二后時代であったので、両派間の対立は日々深まり、不毛の争いを繰り返したという。

さらに瑞子が閉口したのは、予想もしない宮中の異様ともいえる臭気であった。

当時の皇后、女房など後宮の女官たちの居室は、外から覗かれないように一日中隙間なく衝立《ついたて》障子、屏風《びょうぶ》、簾《すだれ》などで仕切っているため風通しが悪く、いつも空気が淀んでおり、さらに悪いことに住居に用便設備がなく、部屋の片隅に用便用の「まり筥《はこ》」を置いて処置しており、早朝に片付けるものの悪臭が一日中ただよっていた。

また、当時の宮中では、入浴して良い日が少なく、おおむね五日に一度ぐらいですませる場合が多かったという。塑日の日に入浴すると短命になる、亥の日の入浴は恥をかくことになる、辰、午、戌の日は入浴禁止など入浴するには悪日だとされる、入浴してはいけない日が多くあった。また、洗髪は、地につくほど長く延ばしているため、事後の手入れが大変であるため、十数日に一度とも言われる。

　これらが醸し出す臭気を消去するため、彼女らは連日香りの強い香を室内はもとより衣服の中までたき込ませていた。


　瑞子が宮中での生活になれ、どうやら心も体も若干の余裕が生まれてきたのは、暦どおりに行われる各種行事が一巡した、つまり暦が一めぐりする一年を経過したころからだった。

　久寿元年（一一五四）の秋、瑞子は女房光子に呼び出され、

「明日から出仕せずともよい。用事がある時はこちらから使いを出す」

と、突然言い渡された。

「どうしてでしょうか。何か不手際があったというのでしょうか」

「……」

「お暇となる理由を教えてください」

瑞子は納得いく説明を、と喰い下がったが、光子は、

「いや、特に聞いていない。お上からのお達しなので」

と繰り返すのみであった。

事実、光子も知らないのである。光子は皇后多子から理由を説明されることなく、ただ、

「申し伝えるように」

とのひと言を言い渡されたのみである。しかし、光子は具体的な話ではないが、噂としては、瑞子が暇をだされそうだと、ここ二〜三日前から聞いていた。特に中宮呈子付女房近辺からは、

「多子皇后の養父、藤原頼長公から多子様への要望である」

との話がまことしやかにささやかれていた。真贋《しんがん》不明で確証がないので瑞子へ伝えることができず、光子は光子なりに胸を痛めていた。

ちなみに光子は瑞子より八歳年上の二十四歳。長身で女ざかりの美しい娘である。父親はいわば中流貴族ともいえる信濃守藤原陳忠《のぶただ》という方であることから出世が遅く、瑞子が仕えていたころは、中級女官である命婦《みょうぶ》という地位にとどまっていた。彼女は意思

が強く、頭脳明晰なことから皇后多子に眼をかけられていて、絶えず多子の側にひかえている女官であった。

2　乳母になった

女官を辞して久し振りに八田の家に戻った瑞子は、宮中へ出仕する前と同じ生活が始まった。毎朝のように愛馬アオを駆ける生活を楽しんでいた。しかし、このようなのびのびとした生活は、瑞子の意思とは裏腹に長く続かなかった。

源氏の棟梁《とうりょう》源義朝から父宗綱に、瑞子を七歳になる嫡男鬼武者（後の源頼朝）の乳母として迎えたいとの申し出を受けたからである。それも瑞子が宮中から暇を出された一カ月後であり、あたかも瑞子が解雇されるのを待っていたかのようなタイミングであった。

義朝は身の丈六尺（約一八〇センチメートル）を超える堂々たる体格の大男であるが、

鬼武者の話をするときは、可愛さのあまり、肩をすぼめるように人懐っこく語るのが常だった。

「倅《せがれ》鬼武者は三人の乳母に育てられているが、甘やかしすぎるのかわがままに育っている。七歳にもなるのに、守り役の武士になつかない。そこでおことの娘瑞子を乳母として迎えたい。宮中で磨きあげた行儀作法を教えて欲しい。それと乗馬が得意と聞く。その手解《てほど》きをもみせてもらいたいものじゃ」

「我が娘は十六歳になりまするが、宮中での勤めも満足にできない者ゆえ、若君の乳母という大役を務められるはずがありませぬ。それに年が年ゆえにそろそろ嫁がせたいと考えておるところでございます」

「わしは娘御に会うたことはないが、奥のたっての願いなのだ」

宗綱には義朝の妻紀子が瑞子をどうして知っているのか合点がいかない。紀子は熱田大宮司藤原季範の娘であり、瑞子との接点が考えられず、面識があるはずがなかった。

「奥方様は瑞子をどうしてご存知なのでしょうか」

と、訝《いぶか》しげに尋ね返した。

「奥の話によれば、瑞子は女子であるにも拘わらず、男以上に馬を上手に乗りこなすそうではないか。ひとつ鬼武者に乗馬の手解きを教えてもらいたいようだ」

ここで宗綱は最近、連続しておきた不可解な一身上の出来事の謎が解けたような気がした。宮中から突然解雇されたこと、どうして乳母にと声がかかったのか、この二点が結びついたのである。

義朝の妻紀子―源義朝―左大臣藤原頼長―皇后多子―女房光子というラインが一本の線で結ばれたのである。

紀子からのたっての要望と分かり、宗綱は断る理由が見つからず、

「本人の意向を確かめてから」

と言葉を濁しながらも半ば承諾していた。

宗綱は紀子が鬼武者を源家の棟梁とするために、深い愛情を注ぎ心を砕いていることを知っており、その姿に感銘していたことも、申し出を拒否できなかった理由の一つでもあった。

紀子は子供に恵まれず、熱心に神仏の加護に縋《すが》っていたと聞く。その頃、義朝が一人の赤子を連れてきた。美濃国青墓の盛場の遊女に産ませた子だという。宗綱はこの赤子を紀子が熱田大神宮からの授かり子と受け止め、我が子いや我が子以上に愛情を注ぎ育

てきたことを知っていた。紀子の鬼武者に接する姿は、世間の人々はもとより、家中の者さえ疑うことなく、紀子自身が腹を痛めてなした子と思うほど深い愛情で包み込んでいた。

瑞子は父宗綱から源家への奉公を申し渡されたとき、東国にゆかりの深い武士の家、それも武士の棟梁といわれる源家の嫡男の乳母という点に興味を覚えたので「嫁にいかせられるよりは増し」と軽く受け止め承知した。

源義朝邸に出仕する日は二十四節気の穀雨《こくう》の日であった。どんよりとした空模様はいまにも雨が落ちてきそうな春の終わりを教えるかのようだった。

出発にあたり、小柄な瑞子が牛車にひょいと飛び乗る姿は女子とは思えない身軽さであった。しかし、宗綱にとっては、童女の頃の瑞子の馬の背に飛び乗る姿と重なり、改めて「これでいいのだろうか。お断りすれば良かったのでは」と後悔の念がひとりでに滲みでてきて、自然と目が潤んでくる父親の顔となっていた。

七条大路の義朝邸は、源氏の嫡流の家であるだけに広大な邸宅であった。

一見して屈強そうな武士だが、言葉遣いのていねいな若者に案内されて紀子と面会した。

「ようみえられました。お待ちしてましたよ」

とやさしく声をかけられて、茶菓をふるまわれた。菓子は瑞子が口にしたことのない餅皮で鶏卵を包み、方形に形を整えた「餅餤《べいたん》」という高級菓子であった。

紀子は鬼武者が七歳になったのを機に、着袴《ちゃっこ》の儀を執り行ったこと。今後はまだ少年の幼さが残るが、成人に向けた教育が必要であること。学問、躾《しつけ》などの教育を瑞子に願いたいと語った。

また、鬼武者には、三人の乳母がおり、瑞子を加えると四人となるとした上で、三人の乳母について次のとおり説明した。

・三善康信の母の姉つまり伯母にあたる義《よし》
・山内首藤俊道の妻仁《じん》
・比企遠宗の妻礼《あや》

仁と礼は授乳役として召抱えたが、授乳期が終わった今も引き続き義とともに鬼武者の日常生活のお世話や礼儀作法、読書などの指導にあたらせている。

義は、源家と朝廷とを結ぶパイプ役を長年務めている三善家に生まれ、有職故実《ゆうそくこじつ》に詳しく、行儀作法の指南。

仁は、先祖が源義家の郎党として後三年の役（一〇八三年）に従軍して以来の源家累代の家人山内首藤家の嫁。

礼は、武蔵国比企郡の豪族の出身で、義朝の東国重視政策の要となる比企家から迎えた婦人。

当時の乳母に対する認識は、単なる授乳、養育するためだけでなく、子供の家族と乳母の家族とを結びつける働きがあり、また乳母の家族は、一族全員で子供を保育する義務が生じるという大変名誉な役割を与えられ、また結果的に子供の家族、つまり名家の後盾を得る、得られるという付加価値がある。

乳母三人の説明が終ったあと、瑞子への要望として行儀作法と乗馬の教授を願いたいという。

「私は女子ですから乗馬の方は無理と思われますので、武者に代わってもらいたい」

と瑞子は即座に辞退した。

しかし、紀子は聞く耳持たずという態度で、

「そなたが乗馬の名手であることは存知ています。鬼武者はまだ幼いことゆえ、武士が教えようとすると嫌がる。女子のそなたが教えてくれるならば乗馬の手習いに興味をもつでしょうし、上達も早いことでしょう」

と許さない。

「私は教えられるほどの乗り手ではございません。少々馬の背にまたがったことがあるぐらいですから」

「いいえ、そなたは女子とはいえ稀にみる名手です。私はそなたの騎乗振りをこの目で確かめています」

と言ったあと、瑞子が内裏へ出仕する以前、鴨川辺りを疾駆している姿を何度もみているので間違いないと、さらに紀子には馬を御する技術については上手か下手か分からないので、瑞子の技術を確かめるため、良馬の産地である東国下野国権大介、小山政光殿にわざわざお出で願い検分していただいたところ、東国の武士でも、瑞子ほどの技術の持ち主、力量のある者はあまりいない、という太鼓判をいただいておる、と語り、重ねて要請された。

「それまで言われるのでしたら、お請けします」

と素直に応諾した。

瑞子はほめられたことのない馬術の力量をほめられて心地良い気分になった。


義朝邸の乳母に仲間入りした瑞子は呼び名を瑞《ずい》とした。

翌日、鬼武者と初めて対面した。

義と礼に連れられて姿をみせた鬼武者は、七歳という少年なれど物おじしない、怖いもの知らずという態度で、

「そちが瑞か。わしが鬼武者だ」

と名乗った。

「瑞でございます。よろしくお願いします」

と型通りの挨拶をすると、

「宮中でお仕えしていたそうな。宮中は華やかで美しいものがたくさんあるであろう。ここは面白いものがなにもない」

「いいえ。こちらには宮中にはない大切なものがたくさんあります。まず美味しい空気

があります。この邸のどのお部屋も風通しが良く、美味しい空気で腹一杯になります」

「空気がおいしいと」

鬼武者は怪訝《けげん》な顔をした。そして義と礼を見返り、

「瑞は面白いことを言いよる。空気が美味などと」

義も礼も笑った。

その後、瑞子は義と礼から鬼武者の日常生活を聞かされた。特に疳《かん》の強い子であるため、夜中の手当が大変であるという。瑞子は神経質な子であると予想し、やっかいな任務を引き受けてしまったと若干後悔したが遅すぎた。


数日後、乗馬の訓練を始めることになった。

源氏の御曹司の乗馬になる馬とあって、毛並み肌つやといいスラッとした細長い足、豊かな肉付きの立派な馬体をした馬が引き出されてきた。立派な戦陣用の馬だけに一筋縄では御しきれない気性の激しい馬のようで、初心者、特に子供ではとうてい乗りこなすには無理な代物であった。

「今日は馬と遊ぼう」

と言って、馬を怖がる鬼武者に馬を撫で、さすることを教え、馬との距離を近付けさせることに努めた。

瑞子は気性のやさしい、おとなしい馬から訓練を始めた方が乗馬術を会得しやすいのではないかと考え、奥方紀子を通して従順な性質である瑞子の持ち馬であるアオを八田の家から譲り受けることにした。

瑞子は恐がる鬼武者に
「この馬はアオという名のやさしい馬です。可愛がれば可愛がるほどやさしい馬になります。ですから一緒に可愛がりましょう」

と言い含めて、馬の糞尿の片付け、飼い葉の食べさせ方、毛並の整え方などを一つひとつていねいに教えていった。

邸の中には「若様に馬の下の世話までさせて」と憤慨する者もいたが、紀子は「乗馬のことは瑞にまかせましょう」と言ってこれらの意見を封じた。

鬼武者がアオの世話を担当して十日もたつと、アオは鬼武者になつき、鬼武者は鬼武者で自分の指示どおりにアオが応えてくれるので興味をもって世話するようになり、いつしかアオの世話を一手に引き受けるようになっていった。

鬼武者の馬に対する変わりように周りの者は瑞子の教え方の上手なことに舌を巻いた。瑞子はただ父から教えてもらっていたとおりに鬼武者に伝えていたにすぎないのにと思いつつも、父の馬を見る目の確かさを改めて認識した。また同様に、紀子も乗馬の指導者に瑞子を選んだ自分の目が正しかったことを誇りにさえ思った。

鬼武者の乗馬技術はひと月が経過したころには大分向上し、

「遠くまで良くみえる」

「瑞が小さくなったようだ」

「高いところからみると母上より偉くなっている」

などと、はしゃぐようになった。馬を駆けさせたい、させてみたいと言うが、瑞は鼻面を放さなかった。まだ早いと。

文字を習得させるのも乳母の仕事だった。瑞は宮中で流行りだしていた「いろは歌」を教えて、ひらがなも教えることにした。鬼武者はいろは歌に興味を持ったようで、口遊《くちずさ》みながら歌詞を何回も筆記して学んだ。

色は匂へど　散りぬるを
我が世誰そ　常ならむ
有為の奥山　今日越えて
浅き夢見し　酔ひもせず

いろは歌の習得と平行して、学問の習熟度も進んでいるようで、教授役の僧侶からお誉めのことばをいただいたと自慢する姿もみせるようになった。

当初、男子それも武士の子に「かな文字」を教えるなんて、と非難する声が聞かれないではなかったが、瑞子はひるむことなく、いろは歌を教え続けた。その結果、鬼武者の読み書き能力は急速に進み、手習いの進歩にいろは歌が大いに役立っていることに、内心ほくそ笑んでいた。

一年後には鬼武者の手習いもかなり進歩したため、より高度な遊び「扁《へん》つき遊び」を教えることにした。鬼武者は宮中での遊びであると教えると、蹴鞠のときと同様、異様ともみえる興味を示し、早期に習熟しようと努力を惜しまず取り組んだ。宮中、貴族に対しある種の対抗心、敵愾心《てきがいしん》を持っているのではないかと思われた。

「扁つき遊び」は当時、宮中の女官達の間で流行した遊びで、ニンベンやサンズイなどの扁を決めて、傍《つくり》を一人ずつ順番に書いていく遊びで、書けなかったら抜かされ、最後まで残った者が勝ちとなる遊びである。

漢字を覚えるにはうってつけの遊びであり、連日のように乳母を相手に遊んだという。

ある秋の夕暮時、乗馬の訓練をしていた鬼武者が、

「夕陽が燃えている。だんだん大きくなって沈んでいく」

と驚きの声をあげた。

馬上からは視野が拡がり、遠方まで見通せるため、初めて見る光景に驚かされたのであろう。

素晴らしい景色を見て心が弾み、

「瑞、鴨川辺りで馬競べしよう」

と言い出した。

そろそろ野駆けも良いかなと考えていた折りでもあり、鬼武者がアオ、瑞が鬼武者の持ち馬で「若熊」と名付けた馬の背にそれぞれが跨った。

広々とした川辺の野駆は二人をさわやかな気分に浸らせ、楽しませてくれた。

その時、何と思ったのかアオが突然暴れ出し、前足を高くはね上げたため、鬼武者は馬を制御できなくなり、転げ落ちた。いや落ちそうになったとき、たまたま対面から走ってきた青年武士が馬上から手をさしのべ、すばやく鬼武者をすくい上げ、さらに「アオ」の手綱を掴み、取り押さえてくれた。

その間髪を入れない迅速なさばきに瑞は言葉もなく、ただ茫然と目をみはるだけだった。

若者は、

「若君、怪我はないか。大丈夫かな」

と声をかけ、無事を確かめると、瑞子にひと言声をかけるでもなく、目礼して立ち去っていった。

このことを契機に、この武士は鬼武者の乗馬訓練にたびたび姿をみせるようになり、いつからか瑞子を無視して鬼武者に乗馬の手解きをするようになった。

彼は「瑞子の乗馬は遊び」と決めつけ、武者と武者が戦場で対峙する実戦的乗馬術をぶっきらぼうな東国訛《なまり》の言葉で指導した。

なぜか鬼武者はこの武士になつき、瑞子もいつしか荒々しくもある豪快な馬術に魅入られていた。

この武士が下野国権大介という、下野国における下野守に次ぐ第二位の官位を持った小山政光だと知るには時間がかからなかった。彼は宮廷の警護を務める大番役という役職に就いていて、そのため下野国からはるばる上京してきているという。

3　結婚―そして下野国へ

久寿二年（一一五五）正月、八田宗綱は左京七条大路の源義朝邸において年賀の挨拶をすませた。その帰りしなに鬼武者の乳母仁から
「奥方様がお話があるそうです。こちらにおいでください」

と義朝の奥座敷に案内された。

そこには紀子が唯一人で待っており、

「お呼び出してすみません。間もなく殿様がおみえになりますから少々お待ちください」

と言いながら女童の差し出した茶菓をすすめた。

しばらくして義朝が、年初の盃を数多く受けたのか赤ら顔して姿をみせた。その後から小山政光が続いて入室してきた。すると紀子が、

「おめでたい席のあと、もう一つめでたい話をと思い、殿様にもおいでいただきました。気が乗らない話とお思いでしたら遠慮なく存念を述べてください」

と前置きして、

「若君の乗馬訓練を、ここにおられる政光殿と瑞にお願いしていることはご存知だと思います。おかげでだいぶ上達しました。その乗馬訓練をみていて思ったのですが、瑞は政光殿に好感を持っているようにみえました。そこで八田様、瑞を政光殿に嫁がせてはどうでしょうか」

と瑞子と政光との縁談を持ち出した。

続いて政光が口を開き、

「実は、私から義朝様に仲立ちをお願い申しあげました」

顔を赤らめて両手をつき、額を床板にこすりつけた。

「わしは縁結びが苦手でのう。政光殿の願いを紀子に話したら、紀子は瑞も好いているようだから良縁だと言うので、ここはひとつ宗綱殿に紀子からお願いしてみる、とまあこういうわけだ。気を悪くしないで欲しい」

宗綱にとっては寝水のことで、ただ口をあんぐりとするばかりで、なかなか考えがまとまらなかった。

律儀な政光は、領地の下野国には栄子という名の妻がいることを口にしたが、破談になることを恐れてか紀子は素早く口をはさみ
「ここにもいますよ。それも幾腹と数えたくなるくらいに。確か嫡男鬼武者は三郎君でありますよ」

と笑いながら、威丈高な義朝の顔を見上げる仕草をしてみせた。

「瑞は十七歳だろう。子供ではないのだから、そのへんのところは心得ておるだろう」

と義朝は笑いながら話をそらした。

宗綱は否とも諾とも答えず、四者の話し合いは終った。

しかし、紀子は宗綱の表情から、「この話はまとまる」と自信を深めていた。

宗綱は、瑞子と小山政光という組み合わせ、相性がいかがなものかを考えるのが精一杯で、政光に栄子という妻がいるという政光の告白を失念してしまった。

瑞子の結婚話は、宗綱、義朝、紀子の三者でトントン拍子に進められていった。その間、政光が瑞子のもとを訪れる姿が頻繁にみられるようになった。

ある日の朝、

「政光殿は昨晩も瑞子を訪れられたようです。それも三日連続におみえになられたようです」

と志乃は笑みを浮かべながら宗綱に語りかけた。

「おまえは毎朝、瑞子の部屋を見張っているのか」

「いいえ、たまたま垣間見ただけですよ。それも三回続けて」

「そうか」

宗綱は得心したような表情を浮かべてポツリと言った。

「そうか、三日夜の餅を準備せにゃならんな」

当時は、男子が女子の家に連続三日通うことで結婚が成立し、その披露宴で食する餅を三日夜の餅と言った。

そのため、瑞子は政光に妻栄子がいるということを知らずに結婚することになった。

政光の嫁となった瑞子は、結婚を機に乳母役を退き、乙女心に愛という甘い香りをこの手の中に掴めると期待を寄せていたが、政光との間にはそのような空気が生まれることはなかった。

夫政光は瑞子に東国、下野国の知識を植え付けようと、連日のように瑞子のまだ見ぬ領地の話を細々とした。しかし、瑞子は領主の妻として知っておかなければ、覚えなければと思いつつも、現実とかけ離れた話のように思えて親身になって受け入れられなかった。

ただ、小山の領民の話は若干の興味を覚えた。小山の住民は口数が少ない上、話をしても口下手でぶっきら棒である。しかし、それ故に何を考えているのか、思っているのか理解しがたい面が多い。一見、引込み思案のように思えてくる。しかし、実際は個性が強く、いわゆるでしゃばりの人間を嫌い、相手にしなくなる。

また根が従順なことから、徒党を組んで暴れるとか集団を組んで交渉に出ることは少ない。

政光は、小山の話をした後で必ず、

「わしの右腕となって手助けしてくれ」

と言い、最後に「小山の母」になれと付け加えるのだった。

桜の花がほころび始めた二月下旬、音信が途絶えていた皇后多子付女房光子から、近衛天皇の病が重篤《じゅうとく》になり、病床から「ぜひ瑞子に会いたい」とおっしゃられるので、御足労願いたい旨の文が届けられた。

文を届けに来た光子の使いの下男は、「返書を戴いてこい」と言われているので、承らないと帰るわけにはいかないと頑なに帰ろうとしなかった。

瑞子は天皇をとりまく不穏な話を耳にしていたので、夫政光の意見を聞いてから処置したいと思い、

「返事は明日でよろしいか」

と再び尋ねたが、

「ぜひとも戴きたい」

と帰ろうとしなかったので、

「明日伺います」

と独断で返答した。

このことを政光に報告すると、諾とも否とも言わず黙って聞き、考え込んでしまった。

瑞子は、行くか行かぬかこんな簡単なことで考え込むのか理解できず、政光とはこんな愚図で優柔不断な男だったのか、なぜこんな男を夫に迎えてしまったのか、と顔には

出さずとも心の中で後悔の思いがよぎった。そしてすぐさま、そんなことはない、私の知らない何かがあるのではと思い直し、打ち消した。

心の動きを抑えながら、夫の返事を待たずに、

「明日、天子様のお見舞に行ってまいります」

と一方的に言い添えた。

翌日、内裏を訪ねると光子女房が御門まで出迎えてくださり、多子皇后の面前へ案内された。

瑞子は多子皇后付きの光子女房の侍女として一年余仕えたものの、直接顔を合わせたこともなく、遠くから後姿を垣間みる程度であったので、拝顔するのは初めてのことだった。

多子皇后の美しさは「美しいという語では表せない美人の中の美人」であった。多子皇后を見た男は、

「皆その美しさに引き込まれ、骨なしのふにゃまら男と化してしまう」

と噂には聞いていたが、噂に違わぬ絶世の美人だった。

皇后は瑞子に初対面とは思えないやさしい態度で、

「立派になられましたこと、また一段と美しゅうなられましたね」

とお声をかけてくださった。陛下のお体については、

「この頃はご病気が進まれたご様子で心配しております。御回復がもどかしい限りです。陛下は病気回復に努められる中で、『瑞祥という名の女官がいる。その者にお声をかけられれば、その者から力が与えられる、病は回復する』という神のお告げをお聞きなされたという。正夢に違いない。瑞子と祥子という侍女に会いたいと仰せられ、探しましたところ、光子がそなたを推薦してくれました。陛下を見舞ってくれぬか」

「もったいなき恐れ多きお言葉。わたくしめにでき得ることなら」

瑞子は感激で胸一杯となった。

近衛天皇は、王家の内紛ととりまく貴族達の思惑のため、三歳にして帝位に就かされ、以後十七才となる今日までの十四年間、摂関家という大きな鉄の塊に潰されそうになりながらも、天皇として君臨してきたが、その圧力に抗しきれなくなったのか、昨年末から〝眼病〟に罹《かか》り、臥《ふせ》ったままの状態が続いているという。

瑞子は天皇の病間に入ろうとした瞬間、異様な空気に圧倒され、めまいがした。白檀《びゃくだん》

をたき込まれた香の香りが充満していたからである。

義朝邸や瑞子の部屋のように清々しい風通しの良い部屋でなく、濁ったよどんだ空気だった。風通しのよい部屋の方がお体によろしいのでは、と申し上げたくなったが、名医の揃っているところで申し上げるべきでない、と思いとどまった。

天皇は十七歳という体力が最も充実する青年期にあらせられるのに、やせ細り、みるからに痛々しいお体であった。眼病ばかりではなく、もっと重大な病に侵されている、と思わざるをえなかった。

京雀は、天皇の不例を誰彼と問わず、

「天皇のご病気は後宮での激しい猟色へと向けさせた摂関家の陰謀」

「摂関家の私利私欲の争いの犠牲」

などと評し、天皇に同情する声が多く、関白藤原忠通と弟左大臣藤原頼長との兄弟関係の犠牲であると、摂関家を非難する声が高まっていた。

瑞子は天皇の病室を辞してからも気分が重く、非常に疲れた思いにとらわれた。多子皇后、光子女房をはじめ、とりまく女官たちも来たるべく避けがたい何かを予感しているのか、内裏全体が沈んだ空気に包まれているようだった。

瑞子が政光に近衛天皇の病状を報告すると、政光は両腕を組み、目を閉じてしばらく思案顔をしていたが、突然、

「領地の下野国小山に不穏な動きがある。黙止できない。大きな騒ぎにならないうちに鎮めなければならない」

瑞子に対しては、

「一緒に下野国へ行ってくれぬか。ともに下野国を治めようではないか」

瑞子は宮中での話に酔っていたので、政光の意図する突然の申し出を理解できずにいた。瑞子にとっては、政光の考えを理解することなく、下野国小山の地は緑と水がきれいで自由に馬を駆けさせる広い土地があり、空気の澄んだ所と聞き、あこがれ的な希望を持っていたので、

「ついて行きます。どうしてこのような大事なことを突然言い出されるのですか」

と不審感をあらわにした。

政光は誰にも口外するなと念を押した後、

「天子様ご他界となると、都全体を焦土と化する大きな戦が起きるかも知れない。わが

屋敷の者に危難が及ぶかも知れない。都から退散するのが賢明だと思う」

そして
「いつでも引き揚げられるように、すぐにでも準備にとりかかるように」

と忙しげに命令口調で言った。

それからの政光の動きは素早かった。

国元に不穏な動きがあり、急ぎ帰郷したいため、院の警護役大番役の一時免除を願い出て、許可が出るや即帰郷の仕度にとりかかった。

許可が下りて三日後には都を出発するというあわただしさである。

4　保元の乱

桜が咲き誇る春、三月の月初めとはいえ、膚寒い夜明けの刻、小山政光は在京の一族郎党四十人を率いて京の都を出発した。

道中、追い剝ぎや山賊に襲われても心配のないように、二十人の武士を完全武装させて出発した。また瑞子と下女などにも乗馬させ、四十人全員騎馬という異様ともいえる集団、いや軍団ともいうべき一団であった。もちろんその隊列の中には、どこにでも夜営ができるように荷駄隊も交じっていた。

近江路の守山を越えた時には、陽は中天に輝いていた。ここで大休止をとり、馬に飼い葉をやり、休息させることになった。

ここで初めて政光は瑞子に声をかけた。

「異常はないか。聞きしに勝る乗馬上手だな」

「大丈夫です。殿はなぜ、このように大急ぎで下野小山に向かうのですか。領地で何か大変なことが起きているのですか」

「小山は平穏だ。何事も起きていない。起きるのは都の方だ。近衛天皇はまもなく亡くなられるだろう。次の天皇に誰がなられるか、その争いで関白忠通様と弟の左大臣頼長様がぶつかるのは必定」

「洛中で戦いが起こるのですか」

「そうだ。お前は多子皇后側近ということで、頼長派とみられている」

「あなた様は」

「大番役という役職からみれば、上皇派つまり崇徳《すとく》上皇派で、お前と同じ頼長派となるが、下野国守の義朝殿とその下に仕える下野権大介であるわしは、切ろうにも切れぬ絆がある。というと、義朝派となりつまり忠通派ということになる」

「では、どちらに与《くみ》すると見られているのでしょうね」

「双方から強く誘われている。どちらについても片方から恨まれる。それなら逃げるしか術がない。ちょうど領国で騒ぎが起きたということだ」

政光はニヤニヤ笑いながら話を区切った。瑞子もつられて笑った。瑞子には夫政光がそのような思案をする男と思っていなかったので、急に先日とは反対に甲斐性のある夫、頼りになる夫に思われ嬉しくなり、この男は私の夫、私はこの男の妻となって間違いではなかったと、声には出さず心の中で叫んでいた。

「古河一之助、こちらに来い」

突然、政光が一人の屈強そうな武士を呼び寄せた。

「そちは、今日、今から瑞子付、奥付の武士として働いてくれい。八田家からの付き人渡辺寿行と何事も相談し合って奥をたのむ」

「わらが奥方様の……。武骨者、田舎者ゆえ勤まりますまいに。誰か他の者にしてくりやんす」

と突然の命令に驚き、拒絶してきた。

「この役目、そちにしか頼めん。瑞子の側にいつもいて手助けして欲しい」

と言って一之助を瑞子に引き合わせた。

彼は背丈五尺五寸（約一六八センチメートル）、中肉で肩幅の広い、腕力のありそうな二十四〜五歳の若者であった。

政光の率いる一団は、途中何事もなく野宿を重ね、三月中旬には下野国に着くことができた。

久寿二年（一一五五）七月二十四日、近衛天皇は十四年間帝位に就いていたにも拘わらず、父君である鳥羽上皇や藤原忠通をはじめとする摂関家からの圧力に縛られ、独自の政治力を発揮することなく十七歳の若さで崩御《ほうぎょ》された。

市中には、摂関家の陰謀によって毒殺されたとの噂がかけ巡った。

近衛天皇の後継をめぐって、崇徳上皇派の推す上皇の皇子重仁親王と鳥羽法皇派の推す上皇の弟雅仁親王という甥、叔父の関係にある者の争いとなった。当初は崇徳上皇派の重仁親王が有力視されていたが、最終的には叔父の雅仁親王が勝利して後白河天皇として即位した。

近衛天皇皇后多子は、天皇夭折《ようせつ》にともない、近衛天皇の霊を弔うために即出家しようと思い立ち、後白河天皇に願い出たが、いつまで待っても裁可されなかった。

当初は、皇后の地位を失い自由の身となった多子の身に出家が許されないことはない、当然裁可されると思い、事務手続きが遅れているのだろうぐらいに軽く考えていた。

しかし、この時すでに多子の身の上には、多子の想像を超える難題が持ち上がっていたのを、多子は知る由もなかった。

近衛天皇の後継者を巡る抗争は後白河天皇の御代になっても終息することなく、鳥羽法皇派に代わって勢力を拡大してきた後白河天皇派と衣替えした後も引き続いていた。

こうした崇徳上皇派と後白河天皇派という皇室を二分した争いは摂関家をも引き裂き、関白藤原忠通とその弟左大臣藤原頼長の争いと、それぞれを支持する貴族各派に分かれての争いとなり、月日の経過とともに両派はより尖鋭化していった。

また武士団も例外ではなく、これらの両派に系列化されていった。その対立する構図をみると、中心人物は、

「崇徳上皇・左大臣藤原頼長・平忠正・源為義」

に対して、

「後白河天皇・関白藤原忠通・平清盛・源義朝」

である。

両派の対立は、日増しに険悪化し、より陰湿化しながらも平穏を保っていたが、保元元

年（一一五六）七月二日、天皇家の中心的人物であった鳥羽法皇が亡くなると、重しがとれたように一気に戦雲がもり上がり、両派とも諸国から兵士を呼び集めるなど戦闘態勢を整えはじめた。

七月十一日未明、突如として京の大路を六百騎の武装集団が三手に分かれて駆け抜け、崇徳上皇、藤原頼長、源為義らが立て籠もる白河殿を襲撃した。この襲撃が戦闘開始の狼煙《のろし》となり、一気に全面戦争へと拡大した。

攻撃側の中心的役割を担ったのが、源義朝であり、防撃側の中心が義朝の父源為義であった。源家の父子が全面衝突することになった。

戦闘は一日で決着がつき、崇徳上皇、頼長、為義陣営は敗北した。崇徳上皇は讃岐国へ配流。藤原頼長は戦傷し、それが原因で死亡。源為義らは長男義朝の手で斬首。平忠正も甥平清盛によって処刑された。

この戦乱は、貴族階級の力を削ぐとともに、平清盛と源義朝の台頭を許すなど、中央政界の勢力地図を大きくぬり変え、新たな対立を生むことになる。

5　小山の母誕生

政光一行は、中央の世情不安・混乱と武力対決を知ってか知らずか、東山道を格別急ぐわけでもなく下野国へ向かって北上していった。下野国が近づくにつれ、緊張感が薄れ、物見遊山のようなゆっくりとした歩みに変わっていった。

政光は小山荘に到着すると、最初に瑞子を奥大道東側の奥まったところに建つ神鳥谷《しととのや》曲輪《くるわ》（現JR小山駅から南に約一キロ）に招き入れ、〝我々の新居〟と説明した。

この館は、高さ十尺（約三メートル）、幅三十尺（約九メートル）というがっちりとした土塁で四方を囲ったうえ、その外側周囲を水面三十尺（約九メートル）もあろうかと思われる堀が掘りめぐらされていた。その堀は方形で一辺の長さが一町（約百メートル）もある巨大なもので、水が満々と貯えられており、美しい鯉が数十匹、わがもの顔で泳いでいた。

　瑞子が政光に
「館というよりは、砦ですね」

　と問いかけると
「厳重な守りをするに越したことはない。いつ何時、野盗が押し寄せてくるか分からないからな」

「ここはタヌキ、イノシシ、キツネなどが毎夜姿をみせる。一匹、二匹なら可愛いんだが、十匹も二十匹もで押し寄せてきて馬を襲うこともある」

　などと田舎ならではの話を笑いながら語り、日常的に注意する必要があることを説明した。

　館は、南西側に畑地が拡がっており、東側は薪や粗朶《そだ》、枯葉などを供給するクヌギ、カシ、ヒバなどが生い茂っている雑木林であった。

　また、晴れた日は東に筑波山、北に日光、男体山、西に赤城山、南に富士山などの霊山、名峰が遠望でき、瑞子は小山の地に立つと日本の中心にいるような気持ちになり、足下から何か「やらなくっちゃ」という声が聞こえてきて、拳を天に向かって突き上げたくなる活力が湧いてくるような衝動にとらわれた。

館での生活に慣れはじめたある日、はなが心配そうな浮かぬ顔をしながら、
「殿様はお姿をみせませんね。国庁のお館へ行かれてからもう十日もたちます」
と話し出した。瑞子は突然何を言い出すのかしらんと訝しがりながらも、
「長い間、京の都にいて留守にしていたので、何かとお忙しいのでしょう」
「いや、そうとばかり言えないようです。館の者は皆さん国庁のお館を本宅と呼んでいます。本宅とよぶのは、そこに奥様がいるということです。この辺では、本妻のいるところを本宅というそうですから、そこには奥様がいるという話です」

瑞子は驚いた。もしこの話が真実ならば、あの実直な政光に妻がいたとは、それもこの事実をおくびにも出さずに隠していたとは。今すぐにでも国庁の館へ乗り込んで、政光に問い質したい衝動にかられた。

しかし同時に、怒りにまかせ事実を確認してもどうにもならない自分の立場も理解できた。都から遠く離れている下野国からは、父母の下へ帰るにも帰れないことだ、と。

政光が下野国権大介という下野守に次ぐ要職にあり、下野守である義朝様不在である

この国においては、徴税権、警察、官吏監督など下野国の施政全権を掌握しているため、その権力は強大なものであった。その反面、処理すべき事務量も多く、特別事務を執るため国庁に隣接した館を与えられている。政光はそこを本居としている。

ことの真相が掴めるに従い、瑞子は地位の高い武士には妻妾を三〜四人抱え込むという話はよくある話と理解でき、貴族の世界と全く同じだと思い直し、怒る心が怒りとなって外に飛び出さないよう胸の奥に埋め込むことにした。

しかし、この事実を知ってからは、二番目の妻ということで何事においても二番目にされていることが分かり、不愉快な思いをさせられ、苦痛の連続であった。

保元三年（一一五八）、正妻栄子が政光の長子を出産した。幼名小四郎（後の小山氏二代目小山朝政）と名付けられ、政光の幼名四郎を受け継ぐ、小山氏の嫡男であることを内外に示した。

栄子は元来丈夫な質でなく、十六歳という若年出産であることも重なり、出産後の肥立ちが悪く、赤子の成長を見ることなく、出産二カ月後に死去した。

栄子が死去して間もないころ、老臣本郷恒盛が瑞子に、

「申し上げたいことがある」

と面会を求めてきた。

「先の奥方様は領民から大層慕われておりました。領民は北の方様と呼ぶことなくお姫様と言っておりました。これからは瑞子様が北の方様となるわけですが、小山荘近郊の者には後家様と呼ばれることになります。この辺の風習ですので、お気を悪くしないで受け入れてください」

「私が後家ですか。夫政光様がおられるのにですか」

「そうです。ここ小山荘ではそう呼ぶ、呼ばれる風習となっています」

瑞子は先妻の栄子が姫様と慕われ、自分が後家と言われるのは不本意であったが、〝郷に入ったら郷に従え〟の教えに従い、納得できないものの、腹に納めることにして、黙認することにした。

栄子が亡くなり四十九日の法要が営まれて間もないある晴れた日の朝、瑞子はいつものように窓辺によりかかって、頂を白く輝かせている男体山を眺めていた。

政光が腰をかがめて様子を伺うような格好をして近寄ってきて、

「よく外を眺めていられるな」

と声を掛けてきた。

「空気が美味ですこと。それに男体山は毎日同じような姿をみせているようですが、少しずつ変えています。その変化を発見するのも楽しいのです」

「変ったことに興味を示しているな」

ひと呼吸おいてから、

「今日は奥にたのみがある。大変な仕事だが引き受けてもらわねば困る」

「なんでございますか。小四郎のことですか。私が子を生さないから、殿にご心痛おかけして申し訳ありません」

「そのことだが」

「今、私めは、紀子様と鬼武者様のことを考えていました。できうるならば紀子様のように、紀子様が鬼武者様の母様になられたように、私めも小四郎の母になりとうございます」

「よくぞ申してくれた。母親になって育ててくれい。だが……」

「だが、と申しますと」

「お前の器量からみて、小四郎の養育よりも、もっと大切な大事なことを頼みたいと思っておる」

「何でございましょう」

「この小山荘をはじめわが領地は荒地が多く、さらに領民は皆ばらばらで統一性がない。領民を一つにまとめて、領民の力を結集して耕地を増やし、豊かな勢いのある地としたい。そのためには何でもするつもりだ。瑞子への頼みとは、かつて一度口にしたことがあるが、わしの右腕となって、さらに小山の母となってくれということだ。この政光の領地、領民すべての母となって働いて欲しいということだ」

「私めに、私の器量でできるでしょうか」

「お前の器量ならできる。わしの目に狂いはない。今日からこの広々とした大地の母となって働いてくれい。小四郎の母はそのうちの一つにすぎない」

しばらく沈黙が続いた後、

「わしが小山を留守にしたとき、わしに万一のことがあった時は、奥が小山氏の総大将となることを忘れないでいて欲しい。本郷など主だった家臣にはその旨を伝えておく」

政光の有無をいわさぬ言葉を聞いて、瑞子はその気迫に圧倒されて言葉を挿《はさ》むことができなかった。ただ呆然として聞き入るだけだった。

　しばらくして自分の置かれている立場、武士の妻たる重みがひしひしと感じられた。と同時に、小山の地に来て、初めて自分の占めている位置を認識することができ、さらに自分の足で踏みしめる地、この小山の地を与えられたことに気付き、今まで思ってもみなかったある種の安堵感を覚えずにはいられなかった。

6　小山氏とは

ここで、遅ればせながら小山政光と下野国小山郡との結びつきについて話をしたい。

小山政光が下野国小山郷を本拠地としたのは十二世紀の中ごろ、政光十五歳のときといわれる。

政光は平将門討伐の功により、下野・武蔵二カ国の国守となった藤原秀郷の七世として、武蔵国大田庄で生を受け大田氏を称していた。

政光は成人を祝う着袴の儀を迎えた十五歳のとき、父大田行正から下野国の現地最高位官職である下野国大介職を譲り渡され、下野国都賀郡小山郷に本拠を構えた。

下野国は、秀郷以後、歴代大田氏が大介職を務めていたことから大田氏勢力が浸透しており、大田氏の後継者である政光が新たに入部するにしても、あまり違和感はなかったという。さらに政光は小山の地が本拠地であることを示すためにも、小山氏を名乗った。

現在も脈々と受け継がれている小山氏はここに産声を発し、小山小四郎政光は小山氏の氏祖となった。

政光は、下野国大介職とともに横領使という軍事警察権を握る役職も兼務していて、国府周辺地域の治安・支配権をも握っていた。

仁平三年（一一五三）源義朝が下野国守に任命されると、下野国大介職の政光は就任祝を言上するために上京した。

この上京が瑞子と政光を結び付ける契機となったことは前述のとおり。

政光が国事に忙しく神鳥谷曲輪に姿をみせる日が少なくなると、瑞子は手持ち無沙汰となり、小四郎の子守と読書で過ごす日が多くなった。しかし乗馬は欠かすことなく毎日教練に励んでいた。

特に「ばあ、ばあ」と呼んでまとわりつく小四郎が可愛く、鬼武者様をお育てしている義朝公北の方紀子様と自分を重ね合わせ、

「紀子様も、このように愛しく思うお気持で鬼武者様をお育てしていたのだろうか」と思われ、無意識のうちに重ね合わせてしまうのだった。可愛さが募り、小四郎を自分の腹を痛めた子供のように思え、次第に自分の子であるという確信へと変化していく自分に驚いた。

瑞子の心の変化は取り巻く者にも伝わるのか、侍女たちの会話でも、

「後家様は若君の母親みたいな可愛がりよう」

から、

「小四郎君の母様」

「若君のかか様」

と、「母親みたい」から「みたい」がなくなっていった。

小四郎が満一歳を迎えようとするある日、瑞子は政光名でもって主だった家臣、侍女を集めて「一生餅の儀式」を行った。

一生餅儀式は「誕生餅」ともいわれ、初めての誕生日を迎えるにあたって関係者が一堂に会して、本人を交えて餅を食することによって赤児に身体的、精神的な力が付与さ

れ、霊力を持てるようになるといわれる儀式の一つである。

小四郎は小山地方の慣習に従い、一升の餅米で搗《つ》いた餅を腰にひもで巻きつけ部屋の中を引き回してみせ、健康な体に成長している姿を披露して参列者を喜ばせた。

儀式終了後、小四郎の無事成長を祈念して、雑煮餅にして食し酒宴を行った。

酒宴では、先の都での大乱、保元の乱が話題を独占した。皆口々に源義朝の活躍を誉めそやした。その一方で、義朝が父為義を斬り、弟為朝を伊豆大島へ島流しにしたことを口惜しがり、源氏が多くの犠牲を払ったことを残念がった。

瑞子は、政光の大乱が起きるとの先を読む鋭さに驚き、ますます尊敬の念を強くした。また、実家の八田家もどちらに与することもなく、犠牲者を出さずに難を遁《のが》れたと聞き、夫政光同様、日頃凡庸としている父宗綱、兄知宗の政局を読む力の鋭敏さに驚き、感心し改めて両人を見直すとともに、彼らの持つ運の強さを思わずにはいられなかった。

そういえば、父宗綱は、瑞子が政光に嫁ぐとき、一冊の写本をとり出し、

「これは六韜《りくとう》という書物で、宋の国に伝わる兵法書である。大化の改新を断行した藤原鎌足が愛読したといわれ、昔から指導者の必読書といわれているものだ」

と説明しながら与えてくれたことを思いだした。

宗綱は、その際、次のようなことも言っていた。

「小山氏はまだ下野国に根付いていない。あちこちに散在する土着の在地領主を手なずけるのは大変なことだ。この本を諳《そら》んじるまで何回も何回も読み返し、血肉とせよ。そして実践に活用せよ。戦は男だけのものではない。女も戦うべきときは戦わねばならない。領主の妻となる者にとっても必読書といえよう」

瑞子は、政光や宗綱が機を見ることを敏にして、身の処置を誤りなくなせたのは、このような知識があればこそ成し得たものと得心した。

この日から瑞子は暇をみつけては手にして読むよう心がけた。最初は面白くなく退屈な読み物としか思わなかったが、回を重ねて読み進めていくうちに、人間の心理、それも深奥を突いたことが書かれていて、父の言う諳んじるほどまで興味深く読み込んでいった。

7　平治の乱

保元の大乱が終結し、平穏な世を取り戻せるとの願いもむなしく、勝者によって作られた新政権は、終戦処理段階から早々と綻《ほころ》びをみせはじめていた。

例えば戦後恩賞において、特にめざましい戦績をあげたわけでもない平清盛が国司の最上席者を意味する受領《ずりょう》に、それも大国である播磨守に任宮したのを筆頭に、実弟の頼盛が安芸国、教盛が淡路国、経盛が常陸国のそれぞれ受領に任宮し、兄弟で四カ国の受領を独占することになった。このことからも明らかなように、平氏一門へはしもじもの者まで一様に恩賞がいき渡っていった。

一方、源氏一門へは、最大の功労者である源義朝一人が下野守という受領職に就いたのみで、他の者への恩賞はほとんどないか、あっても少ないものであった。義朝には親、兄弟など一族の多くの者と袂《たもと》を分かち、彼らを死に追いやったにも拘わらず、恩賞に差がありすぎるという不満が残った。

また、摂関家においては、左大臣藤原頼長の死によって藤原氏の内紛は収まったかに見えたものの、それは儚《はかな》い願望にすぎなかったようである。一介の院近臣にすぎない信西こと藤原通憲が急速に勢力を拡大していき、遂には政務の実権を掌握するに至った。それに反感を抱いた後白河天皇側近の従三位藤原忠隆の三男藤原信頼を擁する一派との対立が生じた。

ここで多子皇后について話をしてみたい。

多子皇后は、近衛天皇崩御後、出家願を提出した。

多子は出家への裁可を待つために、天皇のそばに常時仕えている内待司を筆頭に、雑仕などの併せて約千人以上に至るまで下級女官が起居しているという華やかな後宮を出て、都の郊外樋口富小路に小さな邸宅を借り受け、付き従う光子と童女の三人でひっそりと暮らしていた。

しかし、その美貌ゆえに周囲の男たちが放っておかず、言い寄ってくる者が少なくなく、心休まるときがなかった。

特に後白河天皇の長子守仁親王は近衛天皇在世時代から懸想《けそう》しており、何かと理由をつけては近寄ってきていた。そして後白河天皇が即位されると、立太子され、皇太子という立場を利用して頻繁に、より露骨に訪れるようになった。明らかな求愛の文を寄せるようにもなった。

多子は近衛天皇の后であったことを理由に厳しく拒否し続けた。しかし拒否しても拒否しても、皇太子の異常な行動はやむことはなかった。

保元三年（一一五八）八月、突然、後白河天皇が譲位、出家され、上皇と称して院政を始められた。天皇には当然皇太子である守仁親王が即位された。二条天皇である。

二条天皇は、手練手管を駆使して、ある時は天皇の権威でもって多子を入内《じゅだい》させようと試みたが、多子の意思は固く、翻意することはなかった。

天皇は天下にならびなき美女と称される多子への想いが、拒否されればされるほど募り積もって、遂に抑えきれず、力でもって結着をつけようと、多子の実父である前右大臣藤原公能に天皇の名をもって、

「多子を后として入内させよ」

と命令した。

先帝の皇后であった者が後継の天皇の后になるということは先例にもなく、あってはならない禁断事項とされていた。天皇の父後白河上皇も、

「二代にわたる后は有史以来あってはならないこと」

と強く反対したが、天皇は聞き入れることなく、多子の入内する日取りまで決定し、強引に決行しようとした。

多子は天皇の命令に背く術を失い、泣く泣く入内することに同意した。時に多子二十一歳、天皇は十八歳であった。

入内した多子は二条天皇に心やさしく接し、仲睦まじく暮らしたといわれるが、多子には近衛天皇との思い出も消しがたく、

思いきや　うき身ながらに　めぐりきて
　おなし雲井の　月をみんとは

と詠み、身を儚《はかな》んだという。

二条天皇との生活は長くは続かず、天皇が二十三歳で崩御される五年余の短い年月で終った。

多子は美貌ゆえに、一時は華やかな生活を送ったが、その一生は、子供にも恵まれず、孤独で薄幸な一生だったと言えようか。

二条天皇死亡後の多子は、光子らと別れて京の北山麓に草庵を結び、一人静かに余生を送ったという。

小山小四郎（のちの小山朝政）が誕生した年の保元三年（一一五八）八月、後白河天皇が東宮守仁親王（二条天皇）に譲位すると、たいした身分でも家柄でもない信西こと藤原通憲が後白河上皇を後盾に勢力を伸長、政治を一手にとりしきるようになった。後白河上皇の院政の反対を主張、天皇親政を目指す藤原信頼との対立がますます尖鋭化してきた。

両陣営は一触即発の緊張状態の中で一応の平穏を保っていたが、平清盛ら平氏の主だった者が熊野参詣のため都を留守にしたことを契機に、平治元年（一一五九）十二月九日、権中納言藤原信頼は源義朝輩下の武装兵二百騎を率いて院御所である三条殿を包囲した。

ここに信頼を支援する源義朝と信西を支援する平清盛との対立が明白となり、源氏対平氏という対立構図ができ上がった。信頼の軍勢は、後白河上皇を拉致した上、三条殿に放火し破壊した。さらに後白河上皇と二条天皇を、古書などの稀覯本《きこうぼん》を書写、保管する一本御書所《いっぽんのごしょどころ》に幽閉した。

信西は信頼の襲撃を察知するや、早々と都から脱出して自領地山城国田原に逃れた。同所で小休止をとっているとき、都から追い慕ってきた下男が息を切らせながら走り寄ってきて、

「大変です。義朝の手勢五十騎がこちらに駆け上がってきます」

と耳うちした。

「もうここまできたか。もはやこれまでか」

と無念の思いをつぶやき、

「生き恥をさらしたくない」

と自裁する決心を固め、従者四人に、

「よい計略がある。祠堂《しどう》の裏の人目につきにくい所に穴を掘れ」

と命じた。信西は掘られた穴の中に身を埋め、生き埋めにさせたという。その後義朝に発見され、掘り起こされて獄門にさらされた。

十二月十七日、伊勢神宮参詣途上において義朝蜂起の報に接した平清盛は旅程を中止し、急遽帰京した。京に戻った清盛は、義朝との戦闘態勢を整えるとともに、十二月二十五日には、後白河上皇と二条天皇を女装させるという奇手を使い奪還、自陣営に匿《かくま》うことに成功した。天皇を擁した平氏一門は官軍に変身、一方義朝らは朝廷に刃向かう賊軍となってしまい、立場が逆転した。

賊軍の汚名をきせられた源氏一門は、離反する武士が目立ちはじめ、そうした中で義朝が最も頼りにしていた源兵庫頭頼政（後の源三位頼政入道）が裏切り、平家陣営に駒をつなぐという事態が発生した。これをもって義朝軍、源氏側の敗勢は決定的となった。

義朝は少数となった残りの手勢をひきい、六条河原において退勢挽回を図る乾坤一擲《けんこんいってき》の戦いを仕掛けたものの、多勢に無勢、戦闘が長引くにつれ押され気味になり、遂に総崩れとなった。

義朝は尾張の国へ逃亡。かつての部下で、よく義朝につくしてくれた内海荘の長田忠敬を頼るが、そのもてなしに心を許したため、同家の湯殿でだまし討ちにされ、首級をかかれ、清盛の面前に据えられた。

嫡男鬼武者、元服して改め源頼朝は、逃避行中に義朝らとはぐれ、尾張国で受領平頼盛の家人平宗清に捕らえられ、京へ送り届けられた。

頼朝は当時十三歳。この戦いが初陣であった。

捕らわれの身となった頼朝は、父義朝の供養のためと称し、毎日誦経《ずきょう》を行い信心深いところを示し、心ある平家の人々の情を揺った。

頼朝の信心深さとまだ幼なさが残る姿に心を動かされた清盛の継母である池禅尼は、清盛に強く頼朝の助命を嘆願した。

池禅尼は本名藤原宗子という。清盛の父平忠盛の後妻となり、忠盛の死後落飾《らくしょく》して六波羅邸内の池殿に住んでいた。このことから人は池禅尼と呼ぶようになったという。

池禅尼は自分一人では清盛の心を動かすことが叶《かな》わないとみるや、長男平重盛にも働きかけて助命運動をした。池禅尼のこうした行動は、尼自身、頼朝の助命が御仏の御心にかなうことと堅く信じていたからに外ならなかった。

池禅尼の願いが叶い、頼朝は一命を許され、伊豆へ配流され、北条時政の監視下におかれることになった。

8　光子の決断

永暦元年（一一六〇）の梅雨時、朝からジメジメとした蒸し暑い日のひる頃、古河一之助が瑞子の居間に姿をみせ、おそるおそる声をかけてきた。

「失礼します。ちょっとお伺いしたい儀がございまして……」

と語尾がはっきり聞きとれないような小さな声で、しかも困惑しきったような顔をしていた。

「どうぞお入りください。今日は暑いので、薄着ですが、一之助なら構いません」

瑞子の前に胡坐《あぐら》を組んだ一之助は、言いにくそうに顔をしかめながら、

「あの……、その……」

を繰り返した。

「はっきり言いなさい。いつもの一之助らしくない」

「それでは申し上げます。正門のところに乞食婆がやって来て、奥方様にお目通りを願っています。関係ない帰れと言っても聞き入れません。どういたしましょうか」

「他に何か言っていませんでしたか」

「名はコウシと言います、コウシと言っていただければ分かります、と言うのみです」

「身なりはどうですか」

「身には襤褸《らんる》をまとい、汗と泥でうち汚れ、臭いで近寄れない悪臭を発している女で、髪は無造作に束ね、持ち物はみの一つをまるめて背負っているだけでございます」

「ここの、下野の言葉を使っていますか」

「いいえ。……そういえば奥方様がこちらにおみえになったばかりの時に使っておられたような、京ことばが交じっているような気がしました」

「そうですか。間違いなければ、光子様ではないかと思います。まず、お会いしてみましょう」

瑞子の眼は輝き、大きく見開いて驚き思わず、

「ありえないことが起きたのかしら。あの光子様がみえられるなんて。いや何かの間違

いでしょう」

などと独り言を周りの者に聞こえてもかまわないかのように、大きな声を出しながら正門の方に向かっていった。

瑞子は一目みるなり光子と分かった。光子もしかりである。

「光子様ではございませぬか。お久し振りです」

「瑞子殿、お久し振りです。こんな姿でお恥ずかしい限りです」

瑞子は挨拶もそこそこに、側に控えている小者に湯浴みの仕度と飯の準備を急ぐよう命じると、光子の手をとって湯殿へ案内した。

館の者は乞食女と瑞子の異様な取り合わせに言葉を発することもなく、ただ驚き唖然《あぜん》とするのみであった。

湯上りの光子は瑞子の召し物を着用して、さっぱりとした姿となると、さすがは光子、宮中での光子に戻っていた。

理知的で整った顔、均整のとれた姿は、髪の長短を問わず後宮の女官そのものの姿であった。

瑞子は雑仕女きくを光子の付人に任じた。なお、きくには光子の日常を逐一報告するよう申し付けることも忘れなかった。

きくは子守娘として高椅郷の名主の家で働いていたが、名主高椅助衛門から行儀見習いとして修行させて欲しいと依頼され、小四郎の子守として使っていた娘である。年齢十歳になる小才のきく娘である。

ありあわせで調えた食事をすすめ、その後、ゆっくり休むように伝え、床を準備させた。光子は、

「風呂は良い気分にさせてくれる。生き返った心地」

「暖かい飯はいつ以来だろう」

「手足を伸ばして眠れるなんて幸せこの上ない」

などと、ひとつのことをするたびに感謝のことばを発した。それも世辞とか礼とかを計算づくで出すのではなく、ひとりでに言葉になってしまうようだ。小山の地に辿りつくまでの苦難の日々がそうさせるのだろう。

瑞子は、

「いろいろとお聞きしたいことがたくさんありますが、また光子様もお話したいことがたんとあるでしょうが、まず、お体を回復させてからにいたしましょう」

と、就寝をすすめた。

そのときから光子は、食べては寝、寝ては食べの生活を三日三晩続けた。

四日目の朝、光子は初めて瑞子の前に姿をみせた。

光子は、瑞子の居間に入らず、正面の廊下に両手をつき、かつて内裏で瑞子が光子にしていたと同様の仕草で、かつての主客が入れ換わった形で、

「お早うございます」

と挨拶した。

「そんな……、光子様。何をなさっているのです。お手をおあげください。こちらに膝を進めてください」

「お願いでございます。奥方様にお仕えしたくて京から参ったのでございます。私には行くところも、住むところもございません。端女《はしため》でも何でもいいですから、お側に置いて欲しいのです」

「何をおっしゃるのですか、光子様は。よろしかったら気のすむまでいつまでもここでお暮らしください」

「光子様はおやめになってください。昔のことはお忘れください。時代が変わりました。光と呼んでください。奥方様に誠心誠意お仕えしとうございます。今の光に与えられた最後の我儘です。私にとっては他の道はないのです」

瑞子は光子の迫力に圧倒され、また、予想だにしなかった光子の申し出にただただ驚くばかりで、次の言葉がすぐにはみつからなかった。しばらくして、

「分かりました。光子様の気のすむようにお好きなようになさってください。私はこれまでどおりにお話させてもらいますが、家人の目がありますので、ご要望どおりに光と呼ばせていただいてよろしいですか」

こうして光は、瑞子と同じ屋根の下で暮らすことになった。

それからは二人だけで話し込む日が多くなった。

数日後、瑞子は光子が尋ねてきた時から、絶えず頭から離れない疑問をぶつけることにした。

「光はどうして、いろいろな苦難の道を乗り越えてまでして、ここ下野国まできたのですか。私には分からないのですが」

「そのような疑問を持たれるのは当然のことです。話は長くなりますが、またとりとめ

のない話となりますが、思いつくままにお話します」

そう前置きして、光子は今までのことを物語るのだった。


近衛天皇の御世のころ、太政大臣藤原忠通は近衛天皇の皇后多子に寄せる心を、自分の娘（となっている）である中宮呈子に振り向かせようとして、多子にも勝る美女を探していたという。美女を募る手段として、天皇の身の周りを世話する官女募集と銘打ち、巷で美女と言われている女官を募ったところ、千人の美女が名乗りをあげたという。その中で最も美しい女性として常盤《ときわ》という女が選ばれた。

常盤が内裏に上り、近衛天皇の雑仕女として働き始めたところ、中宮呈子は常盤があまりにも美しいことに驚き、自分の中宮という地位が奪われるのではないかと疑いを持ち、天皇の雑仕女としては「不都合である」と太政大臣を通して払い下げを願ったという。願いは聞き入れられ、呈子に下げ渡された。

すると間もなく、源義朝の側女となるよう言い渡されたという。

光子と常盤が出会ったのは、その後のことだった。

近衛天皇の崩御後、多子に従って樋口富小路に住んでいたとき、「源義朝様のお使い」

として常盤がお見舞にみえられた。

初対面にも拘わらず、話がはずみ、気持ちが合うのか、このときを機に三度ほど会った。そのときに常盤は瑞子のことをいろいろと話してくれた。源氏の御曹子鬼武者の乳母をしていること、また、義朝は生活に困るほどのことがあった場合には、下野国の小山へ行き、瑞に面倒をみてもらえ。瑞は男勝りの女ゆえ、突然の願いでも聞いてくれる。瑞を嫁にした小山政光という男は良い女を嫁にしたものだ。瑞を嫁にした以上、小山家はどんどん大きくなる、大きくなるはずだ。そう言っていた。

何が起きるか何があるか分からない世だから、光子も瑞へお願いしておいたらどうか。義朝にそれとなく話しておくから、と。

常盤の美しさは、目鼻立ち、立居振る舞いの美しさは言うまでもないが、あの澄んだ目、体全体から醸し出される妖艶さは、何ともいえず、巷では男の心を蕩《とろ》けさす魔性の女とも言われている。

しかし、外見とはうらはらに、話をしてみると良き妻であり、良き母であることがわかった。会ったときは、義朝の和子を身籠っていた。

それから保元・平治の乱という大乱が起き、そのたびに天皇・王家の権威ははがれ落ちていき、摂関家の権力も坂を転げ落ちるように無力化の一途を辿っていった。多子は二条天皇がおかくれになった後は、髪を下ろし、比叡《ひえい》の小野に引きこもった。

そこで光子は多子に別れを告げることになった。

多子のもとを去ったところで、光子には行くところがなかった。頼る家、頼る人、双方ともなかった。実家は保元の乱に巻き込まれ、父母はじめ一族皆殺しにされ、家も焼かれ、何もかもなくなってしまった。

そこで、瑞子を頼って下野国へ行こうと決心した。しかし、何をどうしたら良いのか皆目分からなかった。どうしたら良いか考えながら京の街を彷徨《さまよ》い歩いていると、身なりは貧相だが人品卑しからぬ坊様と出会った。その坊様の世話で髪を切り、衣服も乞食まがいの物と着替え、十日間ぐらいは凌げる少しばかりの金子を得た。坊様は衣服と髪を市場というところで金子と交換したという。

坊様は、

「この金は大切に使え。下野国へどうしても行くなら、羅生門で乞食をひと月生活してみなされ。それができたら下野国へ女一人でも行くことができるだろう」

と、教えてくれた。

それから、羅生門がどんなところであれ、下野国へ行けるなら、耐えてみようと心に決め、行ってみることにした。

内裏の正門である朱雀門《すざくもん》から発する朱雀大路の南端にあるのが羅生門である。羅生門は平安京全体の建物、敷地つまり都全体を包括する塀囲みされている敷地の正門である。

羅生門の二階は、死人の捨場とも言われ、乞食、浮浪者の巣窟になっていた。光子には平安京という都の正門がどうしてこのような汚い、目をそらしたくなるような場所になってしまったのか不思議に思われた。

帝はじめ公家たちは知っているのだろうか。毎日のように歌と酒で過ごしている人たちはどう考えているのだろう。疑問がいろいろと湧き起こった。

とりあえず、女一人の身で羅生門で宿泊することにした。激しく変転する身の薄幸をなげき、涙を流し続けてばかりいる汚い身なりの女にちょっかいを出す男はなかった。名も分からぬまま別れたかの坊様が、半ば強制的に教えてくれた髪形、身なりはここで生活するのに適応するためだったのかと改めて気付いた。

ただ、一階の空いている礎石の端に初めて横臥《おうが》したときに襲ってきた、死臭の強さと気味悪さには辟易した。

坊様の教えのとおり、この世の地獄みたいなところで、食べ物を乞い願い、やっと生きているのみという生活を我慢に我慢を重ねて、日数を指折り数えながら一カ月間暮らすことができた。つらかった。

都を出発してから東山道を東国へと歩んで行った。

東山道では、山賊らしき集団や追いはぎなどのいろいろな悪党と出会ったが、身についてしまった死臭のような悪臭を放つ体と、金子などの持ち物のない乞食女にはちょっかいを出す者もなく、何事もなく見過ごされた。

夜は祠の縁の下で、祠が見当たらないところでは大木の下に寝た。不思議なもので、このような生活をしていると、失う物もなく、心配事もなくなり、かえって逆に元気が出てくるような感じがするような心持ちになったのは不思議だった。

宮廷に勤めていたころは、毎日与えられた仕事さえしていれば、周りの人は傅《かしず》いてくれ、自分が偉くなったような気になっていた。任務以外のことでは、人の悪口か噂話にうつつをぬかし、官位の上位者や他派閥への不平、不満ばかりを言っていれば良かった。

こうしたことができたのは、天皇を頂点とする官僚組織、皇后を頂点とする女官組織があるからできるのであって、組織から離れれば、まったく無力な一人の女であると気づいた。

これまで自分の至らないことが原因であるのに、自分の不甲斐なさを棚に上げ、組織、他の組織へまで不満として内外に流布《るふ》させていたことに気づいた。ずいぶん卑劣なことをしていたのだと思いながら、おのれを省みるようになった。そして東国まで、ここ下野国小山まで歩いてきてしまった。


ここまで話をすると、光は突然話題を変えた。

「奥方様は、武者も及ばない乗馬の名人ということを聞きましたが」

「それほどではありません。下手な技術で、技といえるものではありません」

「常盤様も言っていました。女子とは思えない素晴らしい腕前だと。私には何もない。芸は身を助けるというのは本当なのだと身にしみじみと感じました」

「馬術では身が立ちませんよ」

「保元・平治の大乱を経てつくづく思いました。貴族は大きな態度をして、多くの者を使っていましたが、貴族の権威が下降し始めると同じ歩調で、周囲の者の目は蔑《さげす》みへと変化していきました。貴族は地位が下降し、収入が減ると、社会に通用する技術、能力を持っていませんから」

「そうですね。すべて平家に取られ、貴族に残ったものは、実権のない官職と官位、それに荘園からのわずかな扶持米では大変でしょうね」

「光に案内したいところがあります。政光様は光殿のお住まいにどうかと言っています。いやでしたら、いやですとはっきり言ってください」

「どこでしょうか」

「ここから二里ちょっとのところです。ここでは牛車《ぎっしゃ》はありません。馬で行きますから、すぐ着きますよ」

二頭の馬が引き出されてきた。一頭は瑞子の乗馬、もう一頭は一之助の乗馬。一之助の馬の背に光はまたがり、鼻面を一之助がとった。二頭の馬はゆっくりとした歩調で下野国府（現栃木市田村町）に向かった。

下野国を統治する下野国府は、田舎にこんなきらびやかな輝きをした建物があったのかと思わせる赤色の大きな建物の正殿、前殿、東西脇殿が立ち並ぶ役所で、平安京を模して建てられた役所である。

下野国大介職である政光は、国府の現地最高責任者であり、府庁舎と隣接した官舎を私邸として使っていた。

府庁舎は、地の端までが田園と思えるような広々とした田園に囲まれており、豊かな穀倉地の中にあった。遠くに富士山が顔を出していた。田の稲は、刈り入れ間近を知らせるかのように黄金色に輝き、頭を下げていた。

衛士の案内で府庁舎内を見回っていると、政光がやってきた。

「お光の方には、府庁舎内にお住まいになられて、都へ搬出する租税などの諸手続きを円滑に進められるよう、ここで事務方の責任者になってもらいたいがどうか」

そう光に問いかけ、さらに続けた。

「また、ここには一カ月前にお方と同じ京から流れてきた明石修任という若侍が働いている。よく働く好青年だが、ここでは刺激が少ないためか、まだ話相手もなく寂しげだから、良い話し相手になってくれればありがたいのだが」

「ここは空気が美味しいいし、富士のお山も望まれる良いところです。私にはもったいないようなところです。奥方様に毎日ご挨拶できなくなるのは残念ですが、お願いします」

政光は下司にお光の方の引越しを手伝うように下命した後、明石某という男を引き合

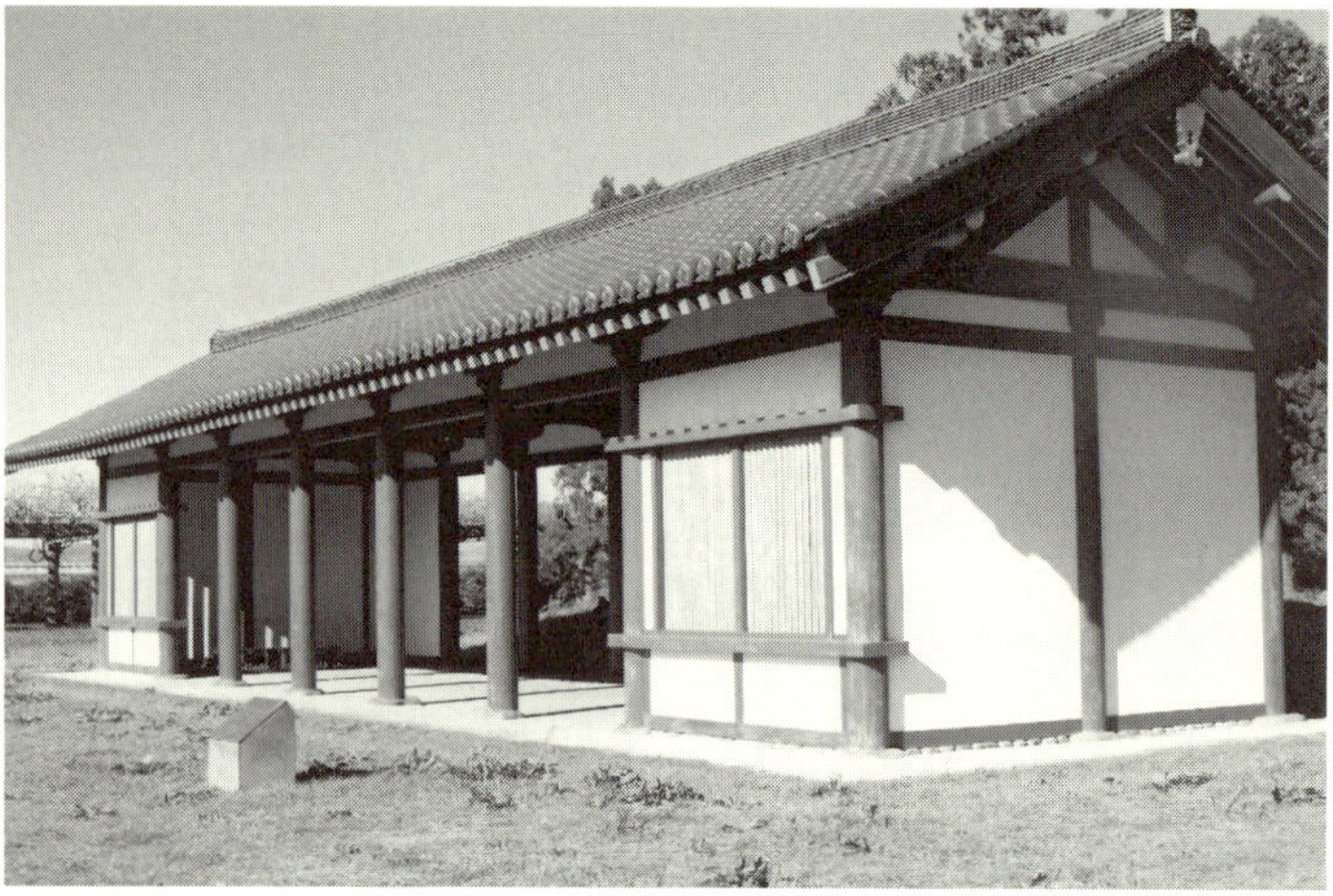

下野国庁跡（栃木市田村町）

下野国府の国庁模型（しもつけ風土記の丘資料館）

わせた。

明石修任と名乗る青年は、年齢二十歳、六尺はあろうかと思われる長身のやせた男で、頭でっかちの役人っぽい風貌をしているが、八省のうちの民部省の無官位の用人であったという。

「よろしくね」

光は初対面の挨拶を交わしたのみで、多くを語らなかった。あとで光の語ったところによると、京には、内裏にはこの種の人間がたくさんいて、好みではない人種だという。

その日のうちに光は国府の住人となった。


光が国府に居所を移して三カ月が過ぎたころ、きくが突然瑞子を尋ねてきた。きくは何か報告するために来たはずなのに、話して良いものかどうか迷っている様子である。

「光殿はお元気ですか。きくは風邪などひかないですか」

瑞子は、きくの緊張した気持ちがほぐれるよう労りの言葉をかけ続けた。

やがて決心がついたのか、思いきったように、きくは小さな眼を大きく見開いて口を開いた。

「奥方様、驚かないでください。私はただ奥方様の言い付けをお守りするだけなんです。奥方様、私は見てしまったのです」

「ですから何なんですか。私は驚きませんよ。ゆっくりと私に分かるように話してください」

「では、申し上げます。お殿様は、近頃、毎日のようにお光様を訪ねてきて、お泊まりになっています。私はどうしたらいいのか分かりません。私のすべきことを教えてください」

「そうですか。よく教えにきてくれました。ありがとう。きくが心配することではありません。そっとしておきましょう。見て見ぬ振りをしておいてください」

「奥方様、それでよろしいんでしょうか」

きくは瑞子が驚き、怒り狂うのではないかと予想していたので、相反していつもと変わらぬ静かな口調と態度に拍子抜けしてしまった。

「殿様は、お子が欲しいのでしょう、小四郎の弟が。小四郎一人では寂しいですから。殿様とお光のことは、お二人にお任せしましょう」

「見ているだけでいいんですか」

「いいんですよ。しかし、お光が妊ったと分かったら、すぐに知らせてください。お願いしますよ」

綿布一斤を褒美にやると、きくは目を輝かせてうれしそうに押し戴いた。


それから半年あまりのち、光は五郎を出産した。成人したのちに小山氏から分離独立し、芳賀郡長沼領主として輝かしい戦歴を残すことになる五郎宗政である。

光は、五郎の出産後まもなく、

「養育を自分の手でしたい。育てたい」

と、主張してきた。

これには政光も困った。瑞子が小四郎と同様、我が子として育てると言い張ることは、在地領主の妻として当然視されていた時代である。

政光は、ここは瑞子を説得する方が結着が早いと踏み、瑞子の説得にかかった。

「小四郎は三歳になったか。手を煩わすことが多く大変だろう」

などと連日、瑞子に顔をみせては、五郎を生母お光に養育させるよう、あの手この手で説得にかかってきた。

瑞子はとうとう根負けし、半ば投げやり気味に同意した。

「お好きなようにしてください。あとあと面倒が起きても知りませんよ」

瑞子は同意したものの寂しかった。

「わらわが我が子を産せれば」との思いがこみ上げてきて、やり場のない悲しみに襲われた。石女《うまずめ》の身の悲しさは石女にしか分かるまい。まして男共には分かるまい。神を恨み、母を恨んでも晴れることはなかった。身の不幸を嘆くのみであった。

しかし救いの神はあった。

「かか様、かか様」

と、纏《まと》わりつく小四郎の存在であった。

小四郎は三歳とまだ幼少ではあるが、賢く、丈夫に育っていた。

五郎が生まれてから、小四郎に対してより厳しく接するようになったことを、本人である瑞子は気づかなかった。瑞子の心がそうさせるのかも知れないことだった。

9　西行

政光は、神鳥谷の館で久し振りに瑞子と茶を飲みながらくつろいでいた。

今年度分の年貢を米に代わって納入する大量の絹糸を各郷村から集め、集約して都へ出荷するという一連の責務を終え、ひと息ついたところである。

「申し上げます」

そのとき横倉十兵衛が声高にかけよってきた。

「ただ今、佐藤義清と名乗る坊主姿の男が、殿に面会したいと申しております」

「はて、佐藤義清と申す御人がわしに会いたいと。佐藤某とは誰であろうか」

「その坊主は、鳥羽上皇の北面武士時代の知り合いとか申しておりますが」

北面の武士と聞いてすぐ分かった。政光が大番役として勤めていた数年前、同じ藤原の血をひく者同士だと分かり、親近感を覚え、友情を温め合う仲となった。つまり政光は藤原秀郷の七世にあたる子孫で、佐藤義清は同じく九世の子孫であるという不可思議な縁であることが分かり、意気投合した仲であった。

政光は出迎えに門前に向かっていくと、そこには襤褸《ぼろ》な法衣をまとった、がっちりした体格の男が、左右を見回しながら待っていた。好奇心の強い男らしく、館の周囲を観察している様子だった。

政光が近寄り、声をかけた。

「しばらくぶりです。達者なご様子で」

坊主姿の男は、

「おっ」

と、叫び声をあげ、政光に抱きついてきた。政光もしかと抱きしめた。

門番は汚らしい坊主と抱き合うなんてという表情で顔をしかめたが、政光は構わず、しばらく抱擁したあと、湯浴み、着替えなど旅の垢落としの準備を命じた。

佐藤義清は、二十三歳の若さで従五位左兵衛尉という高官位を返上したうえ、北面の武士という職を捨てて出家した人物である。

彼が出家した主な原因は、摂関家の内部抗争・権力闘争と、天皇家の絶えることのない内紛に嫌気が差したことにあるといわれる。

特に摂関家の抗争では、藤原忠実・頼長と忠通の親子・兄弟間抗争であったという。また、彼が仕えた鳥羽上皇は異例ともいえる三人の后を抱え、さらにそれぞれの后の後援者が権力争いを展開していた。こうして陰湿な闘いが繰り広げられ、後宮は乱れに乱れていたという。

彼は自由の身となって出家し、名を西行と改めて好きな歌を詠み、諸国を流浪しているとのことであった。

二人の話は尽きることなく続いた。二人とも酒には強いが、盃を交わすうちにいつの間にか、酒のつまみである話が、酒が話のつまみになったような盛り上がりをみせていた。

京の都の話になると、西行の弁説はなお一層滑らかになり、政光にとっては、耳よりな情報をたくさん得ることができた。

先の大乱についても西行は分析してみせた。保元・平治の両乱の帰趨《きすう》は究極のところ、前者は戦を知らない左大臣藤原頼長の天邪鬼的《あまのじゃく》采配、後者は義朝軍が天皇を奪われ、朝敵とされたことと源三位頼政の裏切りにある、という。

この両大乱は、夥《おびただ》しい死者を出し、都の市中に死臭をまき散らし、流行病つまりはやり病を蔓延させる原因となった。最も被害を蒙ったのは源氏でも、公家でもない、住民たちである。

西行は話を続けた。

「この両大乱によって、この国のかたちは大きく変わった。最も大きく変わったのは、貴族が力を失い、没落したことである。満月とうそぶいていたが、ころげ落ち、三日月にしぼんでしまった」

そう言って、西行は大きな体をゆすりながら笑いころげた。

「第二は王家の権威が大きく失墜したことである。王家つまり、天皇・上皇という名でもって何事もなし遂げられるという錯覚で権力を振っていたが、その虚飾性がはがれ落ち、想像以上に弱ってしまった」

「第三はないだろう」

政光が投げかける。

「第三は平氏の台頭である。今後ますます勢力を伸ばし、藤原氏が手にした満月以上の満月を夢見るであろう」

「源氏が一掃され、残存源氏も身動きが取れなくなっている以上、平家をおびやかす者がいない。平氏の天下はより強固に固められ、盤石な平家支配体制が構築されるだろう」

「まったくいやな世になったもんだ」と互いに話を合わせ、盃を口に運んでいた。

「ところで、西行殿にお聞きしたいことがある。先年、つまり永暦二年（一一六一）に瑞子の献策により、我々が重代屋敷とよんでいる我ら小山氏の最も大切な私領である小山荘を後白河上皇に寄進している。瑞子の申すには、租税の納入先は行きつくところ、平氏に横領されてしまい、平氏を太らせるだけだという。また我々は、世間でいうところの『下野国の両虎』の一方として、藤姓足利氏と下野国の覇権争いをしているが、この争いを優位に導くためにも、下野国の支配をより強固とするためにも〝院の力〟を背景に置く必要があるという。こうした考えから後白河上皇、つまり〝院庁〟に寄進した訳だが、どうも小山氏にとって利益をもたらすとは思えない。どう思われるか」

「瑞子様の考えは、時宜を得たものと思われる。さすがは瑞子様である。感心せざるを得ない。平氏の腹を太らせても小山氏にとっては何の益にもならない。権威に衰えがみえたとはいえ、上皇はあくまで上皇である。平氏もやすやすと手出しはできますまい。政光殿のとった措置は、小山氏安泰のため、時宜に適ったものと考える。このまま黙して時節の到来を待つのがよろしかろうと存ずる」


二人ともにだいぶ酔いがまわってきたころ、西行が光子について話題にしてきた。

「ところで、光子というかつて禁裏勤めをしていた女が尋ねてこなかったかのう」

「光と名乗る女が瑞を尋ねてきたが、その女がどうかしたのか」

「その光と名乗る女に間違いない。無事に着いたか、それは良かった。一年、いや二年前になるかな。京の都でお会いしましてな」

と述べた後、話に一区切りをつけ、盃を口に運んだ。

政光は、光子が下野国衙《こくが》の役人の一人として働いており、政光の妾として子供までなしていることを伝えるべきか躊躇していると、西行が再び話を続けた。

「ある日、京の都の市中で、宮中勤めをしているような長い髪の小袿をはおった光子と名乗る女と出会いましてな。光子様はこれから下野国の小山荘領主の奥方様である瑞子様のところへお一人で行くところだと言う。しかし旅姿ではなく、東国の下野国という遠い所へ行くのは、女一人では無理だと諭したのだが、どうしても行きたいと言う。都では頼るところもない。瑞子様なら端女としてでも使ってくれるだろう。いろいろと物語もしてみたいと言うのだ」

西行の話はなおも続いた。その話はおおよそ次のようであった。

東国へ行くのなら、この姿では目立ち過ぎるので乞食女のような身づくろいをしなければということになり、西行の手で地に着くほどの立派な長い髪を無造作に切り落としてやった。着物は小袿など立派な着物を脱がして「市」へ持っていき、金に換えた。その金の一部で着古した継ぎはぎだらけの着物を購入して着せた。嫌がると思ったが、物珍しそうに着てみては目を左右に走らせていた。

そして東国への道中を何事もなく無事に通行するためには、つまり身の安全と路銀を全うするには、羅生門でひと月暮らしてみるがよい。ひと月暮らせたら、辛抱できたなら東国へいけるだろう、と冗談に言ってみた。

そしたら光子様は、本気に受け止め、考えられないことに羅生門へ飛び込んでいき、そこで起居を始めた。死体が放置され、捨てられていて死臭がうずまいている所にだ。

そこは、死体の他に最下層の人間が横たわり蠢《うごめ》いている生き地獄そのものの所だ。そこで光子様は辛抱に辛抱を重ね、耐えがたきことに耐えて一カ月間生活してしまったのだ。まったく勇気ある御仁だ。

羅生門から出てきた光子様の姿は、みるかげもなくやつれ、汚く乞食以上の女乞食の姿になりはてていた。

西行は光子様の羅生門での生活を気付かれないようにそれとはなしに、最初から最後まで見守っていたという。

「なぜ、そこまでしてこの下野まで来ようとしたのか。妻瑞子に会おうとしたのか解せぬことだが」

「わしにも分からん。だが光子様がこんなことを漏らしたことがある。近衛天皇が重篤におちいったとき、瑞子様にお見舞いに来てくれるよう願ったとき、断られて当然のところ、即、応じてくれた。やさしいお方である。一度お礼を申し上げたいと」

「それは表向きのことのようだが」

「わしもそう思う。光子様は頭のきれる人だから、本意は洩らすまいと思う」

酒席は続き、夜も深まったので、侍女などは退出させた。

するど西行は、突然、本題に切り込んできた。

「光子様はどこにおられる」

「実を申すと、先程から光子の身の上について報告しようと思っていたのだが、つい言いそびれてしまい申し訳ない。実はわしの囲い妻となっており、一子をもうけておりまする」

「それは良いことだ。母御になられたか。どこにお住まいか」

「ここから二里ほどの国府の館に親子でいる」

「なにもせずにか」

「いや、都へ差し出す租税の管理など、国衙の事務をさせている」

「それは良かった」

西行は良かったという語が口癖なのか、よく良かったという語を連発する御仁だった。

「ところで、瑞子様という奥方様はお怒りにならなかったかな」

「心中穏やかではないはずだが、表面はなんとも」

「見上げた奥方様の振る舞いじゃ。これだけの大所帯を切り盛りするには、目を瞑《つむ》るところは瞑るという心掛け、立派な心配りじゃな」

西行はそれから三日間、神鳥谷の館に逗留して、陸奥の国へ旅すると称して館を後にした。

その間、西行は瑞子と親しく面談し、京の話では大層盛り上がり、政光が口を挟むすきがないほどであったが、特に政治向きの話は避けていたようであった。

また、光子には顔を合わせることなく旅立っていった。

10　朝光誕生

瑞子は長男小四郎が五歳になるのを待ちかねたように乗馬の訓練を始めた。子供に乗馬の手ほどきをするのは、鬼武者（後の源頼朝）以来のことである。

小四郎の乗馬の訓練を始めるにあたり、二男五郎、つまり光子の子である五郎の教育について、政光と二人だけで話し合った。

五郎は政光・瑞子の二男であるが、五郎の産みの母は瑞子がかつて宮仕えしていた当時の上司、光子の方であるだけに、瑞子の意のままに指図することが憚《はばか》られ遠慮がちになっていた。したがって自然と政光の口を通してから事が始まった。今日もそのとおりで、まず瑞子が思うこと、考えていることを政光に伝えることから始まった。

手初めに、五歳になった長男小四郎が乗馬の訓練を始めることに同意した。次いで乗馬の訓練は、つらくて厳しいものである。厳しく指導しなければ、上手な乗り手にはなれない。上手な乗り手とならなければ、立派な坂東武者には成り得ない。五郎にも五歳を迎えた時には、同じような訓練をさせたいと思う。兄小四郎が馬の背からころがり落ち、泣きわめく姿を二歳になった五郎の目に刻ませておきたい。そのためには十日に一度くらいは館に連れてきて、小四郎の乗馬訓練をみせておきたい、と熱っぽく説いた。

政光は瑞子の言うことを腕を組みながら目を瞑《つむ》り黙って聞いていた。

「兄弟仲良くせにゃならない。世の中、兄弟で憎しみ合って争っている例は枚挙にいとまがないからな」

さらに政光は続けた。

「小四郎の馬の訓練を幼子にみせるのは良いかもしれん。幼心にも何か得ることがあるかもしれん。それを積み重ねていけば大きな宝になるだろう。そのためにも手元に引き取り養育しよう」

「手元に引き取らなくても、ときおり見学させてはということで」

「お前様の言うことは良く分かる。五郎にもその時がくれば厳しい訓練を課さねばならなくなる。その時お前様の子でないからこんな酷い仕打ちができるのだと、光に思わせないためにもと思ってのことだろう」

しばらく沈黙が続いた後、政光が、

「瑞の考えはぬるい。即刻、五郎を母光の手から引き離し、お前様に預ける。お前様が育てよ。もう二歳。母の手がなくとも育つ」

そう言い放つと、政光は馬を駆って従者三人を伴って館を出発していった。

二刻半（約五時間）後、泣きべそをかきながら乳母二人に手を取られて五郎が瑞子の前に姿をみせた。

政光が光を説得するのに手間取ったのである。

光は武士の世界、特に坂東武者の心構え、心情というべきか心の深奥を理解できなかった。そのため政光の一言一言に反発を覚えずにはいられなかった。

しかし、光が下野国へ下ってきた理由を改めて政光の口から諭されると心が揺らいだ。かつての部下であった瑞子の下に跪《ひざまず》いて、仕えさせて欲しいと懇願したこと、政光に体を許し吾子を出産したこと。内裏で女房という高官であった身分をかなぐり捨ててまでこのような屈辱に耐えてきたのは何だったのか。それは醜い抗争を繰り返している公家の世に見切りをつけ、力のある武士の世界にあこがれたのではなかったのか。五郎を将来、立派な武士に仕立て、一所懸命といえる土地の領主にさせるためではなかったのかと。さらに小四郎は生後間もなく、母親から切り離され、瑞子の下で育てられたと改めて聞かされ、「東国ではそういう習いなのか」と思い知らされた。

「行く末永く、兄弟仲良く小山氏を盛り立てていくためには、小さい時から一緒に生活させねば真の兄弟の情は生まれない」

と政光は根気強く説得に努めた。

この言葉に、光はかつて内裏に仕えていた頃の、関白藤原忠通と左大臣藤原頼長との兄弟間の醜い争いを思い出した。この争いがもとで引き起こされた悲惨な保元の大乱（一一五六年）が、よみがえってきた。

あのような兄弟の争いが、我が子から生まれてはならない。

「殿様のお言葉に従います」

と、自分でも意外なほど、はっきりとした口調で答えていた。不思議なことに、この言葉を発して以後は、五郎が政光のような領主様になって欲しいという夢を描くようになっている自分に、光は驚いた。

この日から小四郎、五郎に十歳になる古馬が預けられた。幼な子二人には、最初の仕事として二人で相談して馬に命名することが命じられた。二人は戸惑いながらも侍女の助けを借りて「リキ」と名付けた。馬を持てるようになった自分が大人になったような気になって、リキの周りで大いにはしゃいだ。そして武士への第一歩を踏み出すことになった。

明くる日から、幼な子二人はリキの世話をするようにいいつけられた。飼い葉を与えること、体を洗うこと、できないながらも手を添えられ、直接、触れさせられた。こうした手順を踏みながら馬に馴染み、親しみを持つよう教育されていった。

瑞子は二人に対し、年齢に応じた学問、教育にも心を配った。兄弟二人は共同生活をしながら、瑞子の厳しくも愛情ある監視のもとに日一日と成長していった。彼らの一日は、早朝、馬の世話から始まり、武芸の訓練、そして朝食。食後は手習いと決められていて、手抜きをすると厳しい折檻《せっかん》が待ち受けていた。

あるとき、二人の子供に手習いの指導をしていたとき、瑞子は突然、吐き気を感じた。

「奥方様、お体が悪うございますか」

侍女はなが、心配顔をしながら言ってきた。

「いや別に」

と応えたものの、最近の体の異常には気づいていた。

しかし、年が三十歳という年増であること、しかも自他共に石女《うまずめ》と思い、思われていた自分が、いまさら身籠ったとは考えられなかった。また、口にするのも憚《はばか》られたので、自分だけのこととして心のうちに閉じ込めてきた。

しかし、まもなく瑞子の懸念は一挙に消し飛んだ。はなが政光に報告したのである。あとで分かったことだが、はなは自分のことのように嬉しくて、黙っておられず、瑞子と秘密を共有することなく、政光へご注進したとのことである。

瑞子の妊娠を知った政光は、飛びはねて喜んだそうだ。政光はその日から瑞子の体を気遣い、

「無理するな」

「大事にいたせ」

「体を休めて」

などと大変な労《いたわ》りようだった。

そして、政光は、

「男の子を生んでくれよ、わしの跡継ぎとなる子を」

と、男子出生ならば小山氏二代目とする心積もりであることを隠そうとしなかった。

妾腹子はあくまで庶子であり、嫡出子が相続人という考えに基づいての考えである。

瑞子は女の子であることを願った。彼女の頭の中には、保元の乱（一一五六）の原因となった摂関家の関白藤原忠通と左大臣藤原頼長の兄弟争いがあった。前者の忠通の母は右大臣源顕房の娘で正妻、一方後者の頼長は母が土佐守藤原盛実の娘であり、妾腹であるという。

お腹の子が男子であるならば、長男小四郎（九歳）、次男五郎（六歳）の男三兄弟となり、彼らがそれぞれ成長して成人となったとき、母親がそれぞれ異なる兄弟ゆえに互いに反目し合うのではないかと危惧された。特に末子が小山氏二代目となる跡目を相続した場合、血で血を洗うような醜《みにく》い酷《むご》い争いに発展するのではないか、という不安がつきまとった。

その不安を軽減する一助になればと思い、実家の兄八田知家に妊娠した旨をしたためた文を書いた。その中で、生まれてくる子は将来のことを考えると女の子であって欲しいと綴り、毎日、女の子が授かりますようにと、神仏に祈っていると付け加えた。

知家からは「妊ったことを祝着」とだけあり、添え書きに元気な赤子であることを祈るとあった。

瑞子は物足りなく感じたが、捨て置くほかなかった。そのうち、お腹の子が成長し、産月が近づくにつれ、男の子であれ、丈夫な子供が産まれるようにとの祈りに変わっていった。

仁安二年（一一六七）、稲穂が金色に色づき始めたころ、瑞子は元気な男の子を産み落とした。

乳母に蔭沢二郎の母が選ばれた。

乳児の名前が三日過ぎても発表されなかった。周囲の者は、早く命名しないとお七夜を迎えられないなどと気を揉んでいたが、その裏には政光と瑞子の意見の対立があった。

「嫡男にふさわしく太郎と命名する」

と、政光は主張し、それに対して瑞子は、

「政光の三男であり、二男五郎の弟だから七郎とする」

と言い張った。

「小山氏の平穏を保つため、発展を願うため」

として、瑞子は厳として譲らず、最後に政光は、

「世間の妻は、わしの意見を聞くと喜び大賛成なのに、お前は変わったやつだなあ」

といって瑞子の意見を取り入れ、七郎と名づけ公表した。

のちの結城家の氏祖、結城朝光の誕生である。

11　半夏生

平治の乱の勝者となった平清盛は、後白河法皇との協調体制をとりながら、全国くまなく軍事活動ができる国家軍事警察権を獲得して、平氏の勢力を着々と全国に伸長していった。

具体的には、窃盗・放火等の賊の取り締まりを口実に、院や天皇の命令の下に地方武士を動員する諸国守護権を活用したり、地方武士が皇居警備である大番役のため、京都駐留中などの機会を利用して平氏に服従するよう説得・懐柔に努め、平家武士団の拡大・組織化を図っていった。

勢力を伸長するこうした平氏の歩みを象徴するかのように、清盛は仁安二年（一一六七）に国政を総括する太政官の最高位である太政大臣に就任するなど、位人臣をきわめた。

さらに承安二年（一一七二）には、娘徳子（のちの建礼門院）を後白河法皇の第七皇子である第八十代天皇高倉天皇の中宮に送り込むなど、いわゆる王権との密月時代を築いていった。平氏の絶頂期を迎えたといえよう。

しかし、両権並び立たずの例のとおり、両者は次第に疎遠になり、溝ができるようになってきた。また時を同じくして、都に不穏な動きや災厄が頻発するようになり、特に都の三分の一が焼失したうえ、内裏の大極殿（天皇が政務を執られ、即位などの典礼を行う正殿）や朱雀門などが灰塵《かいじん》に帰した「安元の大火」（安元三年〈一一七七〉四月）や、平氏転覆を謀ったという「鹿ヶ谷事件」（同年六月）が勃発した。

「鹿ヶ谷事件」は、法勝寺俊寛僧都、藤原成親権大納言、後白河近臣僧西光らが鹿ヶ谷（京都市）の山荘で平氏を滅ぼそうと謀ったが、発覚して西光は斬首、成親は配流される中途で殺害、俊寛は九州南方の鬼界カ島へ遠島となるなど、院側臣が一斉逮捕された事件である。

こうした中にあって、院と清盛の間に立って、いわゆる緩衝帯《かんしょうたい》的役目を果たしていたのが清盛の長男内大臣平重盛であった。

治承三年（一一七九）、重盛が四十二歳才の若さで死去すると、両者は次第に日々対立の溝を深め合っていった。重盛の死は平氏滅亡を加速させたといえよう。

重盛が死亡してから五カ月後のこと、清盛は後白河院が秘かに平氏勢力を糾合しているとの話に危機感を抱き、後白河院を鳥羽殿（京都市下鳥羽の離宮）に幽閉する挙に出て院政を停止させた。

これを期に後白河院の第二皇子以仁王が、治承四年（一一八〇）四月、清盛追討の令旨を全国に散在する源氏を名乗る武士に発して、平氏打倒への決起を促した。同年五月、以仁王、源頼政らは、平氏打倒の旗を揚げて宇治川で決戦を挑んだが敗死した。

こうした平氏崩壊への前兆ともいえる悪夢の芽があちこちに顔を出し、中央政界が慌《あわただ》しく対応に苦慮していたころ、わが小山の里では平和な時間《とき》が流れていた。

治承元年、政光の三兄弟は、長男小四郎改め朝政十九歳、次男五郎改め宗政十六歳、とそれぞれ成長し、瑞子の実子七郎も十歳となっていた。

三人兄弟は瑞子の指示により、毎朝、乗馬の訓練をするのが日課となっていた。

朝政と宗政は青年武士たる威容を示すが如く、顔つき体つきが大人びてきた。もちろん馬術も向上し、一廉《ひとかど》の武士を思わせるほど上達していた。ときには七郎の師南役を務めていた。

瑞子の七郎への乗馬訓練は、兄二人を指導したときと変わることなく厳しかった。七郎が稽古中に落馬し、助けを求めて泣き叫ぶと、兄二人と同様に、いや、より厳しく、

「泣く暇があったら、なぜ立ち上がらぬ」

「泣いている間に敵に首を掻かれてしまう」

などと怒号を含んだ叱咤《しった》をあびせ、手を貸そうとしなかった。供侍が手を差し伸べようとすると、供侍まで怒鳴られる始末だった。

また、兄弟喧嘩をして供侍や侍女などに助けを求めたりすると、

「負ける喧嘩をなぜする」

「負けて泣くならするでない」

「勝てる喧嘩をせよ」

と叱りつけていた。しかし、決して喧嘩をするなとは言わなかった。

瑞子の教育を体で覚えた三人の男の子は、喧嘩を始めると、なかなか「参った」と言

わない激しいものだったという。

ある晴れた日、瑞子は子供三人を連れて、古河一之助ら供侍とともに国府の政光館へ遠乗りに出かけた。

国府周辺は田植えが終わった直後とみえ、か細い苗が一面に行儀よく並んでいた。瑞子は気持ちよく空気を吸い込みながら、馬の歩みにまかせてゆったりと田園風景を楽しんでいると、天気が良いのに農作業をしている人が一人もいないことに気づいた。

不審に思い、古河一之助を馬側に呼び寄せ、

「田の仕事に都合が良い日和と思うが、農作業している人が誰もいないのはどういうわけか」

「今日は働かなくても良い日なのです。というよりは、働いてはいけない日なのです。今日は皆、田植で疲れた体を休めているのでしょう。骨休みの日なのです」

「働かなくても良い日とは、どういうわけなのです」

「今日は夏至から数えて十一日目にあたります。この日は梅雨明けと重なり、季節の変わり目となります。特別にこの日を半夏生《はんげしょう》といいます。この日、植え付けの仕事をする

と、田の神様を汚《けが》すといわれています」

「今日、半夏生の日に仕事をすると、神様の罰を受けることになるのですね。どのような罰を受けるといわれていますか」

「この日を過ぎてから植えつけられた稲は、一つの穂につき三粒少なくなると言われています。少ない量のようですが、一町歩ともなりますと、すごく多くの量となります。結果的に大きな減収となるわけです。この教えにより、農民は昨日までに田植を終わらせようと懸命になって働きます。これらのことは村の年寄から聞いた話です。道教とかいう宗教の教えだと聞いています」

「ありがとう」

瑞子は、領民が働きづくめの毎日から解放される、このような特別な日を設けて体を休めていることを初めて知った。

「まさしく生活の知恵が生みだしたもの」

そう感心せざるをえなかった。

久し振りに、国府の政光館で、政光不在時の主、光子と四方山《よもやま》話に花を咲かせることができた。

国府は国の行政拠点であり、重要な政務や儀礼を行うところを国庁といい、行政実務を行う事務所や倉庫群を備えている。これら行政機関が集まっているところを国衙と呼び、下級職員や使役と徴発された人々の住居、さらに市場等を加えて国府という。国府に常時勤務している役人は十人前後といわれる。

光子はすっかりたくましく大人びてきた宗政に会えた嬉しさを体全体に表わし、あれやこれやと世話をやいていた。その姿は、まさしく田舎の母親の姿であり、小山に住む母親の顔であった。京の都の光子様とはまったくの別人であった。

瑞子はこのような母子の姿をみて、ちょっとの間でも、母子二人のみの生活を楽しませてやりたくなり、宗政に国府での仕事を習いおくよう命じて、当分の間、光子に預けおくことにした。

都へ提出すべき各種帳簿は三十種にのぼるといわれ、宗政が加わることで大きな戦力になると光子は喜んだ。


館に戻って渇いた喉を車座になって潤していると、七郎が、

「おかか様は半夏生を知らなかったん」

と突然、話をふってきた。

「お前は知っていたのかや」

「いや知らん。でも百姓は大変やな。一年に何回半夏生という日があるんやろう」

「おかか様は『とうかんや』を知ってる」

「それも知らん」

「わしも知らん。のぶに聞こう」

と、七郎の身の周りの世話をしてくれている、のぶに聞くことにした。のぶは、

「牡丹餅を食べる日のことね」

と、丸顔をほころばせながら説明し始めた。

「とおかんやは十日夜と書き、稲の刈上げが終わったことを神様に報告する日なの。毎年十月十日の日を十日夜といいます。この日は、田の神様が地上での仕事を終えて天に帰る日とされていて、牡丹餅を供えて、神様に感謝する日です」

瑞子は、七郎の付人のぶが十五歳になるかならないかの若さにも拘わらず、説明が順序だっていることから聡明な女人であると感心した。のぶの説明は続いた。

「十日夜の夜は『モグラ追いの日』ともいいます。男の子が集まって、縄で稲藁をぐるぐる巻きにしてつくった藁鉄砲を、大きな音がするように地面を力一杯パタンパタンと叩きつけながら蔵の周りを巡るのです。収穫したばかりの米を保管、収納している蔵の周りを、地響きのする音をたてながら叩いてまわり、米を食べようとしているモグラを驚かせ、追い払い、米をモグラから守ろうとする行事です。モグラ追いが終わると、皆で一団となって牡丹餅を食べるのが楽しみな行事です」

こうして四方山話を交わしているうちに、

「百姓は大変だ。特に女は」

ということになった。

話は弾み、女だけが休める日、妊婦が休める日を作るべきだという話に発展した。女だけの休日を作るということは、言うは易いがいまだ聞いたことも話したこともないことなので、どう具体化したら良いのか見当もつかなかった。

一応、皆が思いつくまま意見を述べるだけにして、日頃から、

「あーだったらいいな」

「こんなことができたらいいな」

と思うことを、考えておくことにした。

瑞子が例えばとしてあげたのは、中国の道教にある、庚申信仰についてである。六十日に一回巡ってくる庚申の日の夜に、人が寝ている間に体内にいる虫が悪事を天帝に報告にいくので、それを防ぐために人々が社寺などに集まり、飲食して不寝番をするという教えだ。この教えを女だけを対象にして、女だけが集まり、飲み、食べて一晩過ごしたらどうかというものである。

皆はそれぞれ興味を覚えたようだった。と同時に、ひと月に一度ぐらい、何もしないでいい日が欲しい、そして食べ、眠りたいと思うだろうなと思った。そして、そんな日があるはずがない、夢のまた夢だろうと、それぞれが思っていた。

12 隅田の再会

治承四年（一一八〇）九月二日、黄金色の稲穂が波うつ田園を背に、騎馬武者三騎が土埃《つちぼこり》をあげながら小山氏の神鳥谷館に一直線に向かってきた。

「ご注進、ご注進」

叫びながら、若い武士が瑞子の部屋に飛び込んできた。

よほどあわてていたのだろう。奥女中のはなを介さず、前ぶれもなく、突然、瑞子の前に仁王立ちに突っ立ったのである。

「何事です」

瑞子が落ち着いた態度で尋ねると、やっと落ち着いたのか、

「源氏の棟梁、源頼朝様の使いの者がみえられました。殿に面会を求めて、門前で動こ

うとしません」

政光は大番役のため、都へ上っており、長男朝政は国府へ出張《でば》っていて、いずれも留守であった。

「私が用向きを承りましょう。使者の方がいつでも湯浴できるよう、また酒食の準備も怠りないように」

そう指示したあと、正門へと赴いた。

瑞子は、遅かれ早かれ、かような使いは来るものと思っていた。平家打倒を呼号して頼朝が挙兵したのは八月十七日と聞く。そして八月二十三日、石橋山の戦いで、源頼朝が完膚なきまで平氏に敗れ、生死不明の話が舞い込んできたのは数日前のことである。

しかし、瑞子は信じていた。あの鬼武者様が討死にするはずはないと。捲士《けんど》重来《じゅうらい》を期して、必ず再起する。その時は何らかの知らせがくる、と。

「頼朝様のお使いの方、ご苦労様です」

日焼けして赤銅色の顔をした、みるからに屈強そうな体つきをした男を客室に通し、まず湯浴みをすすめた。

しかし、使者なる武士は湯浴みを固辞し、

「当主、政光殿が留守とのこと。それではご当主の代理である、朝政殿に直接申し上げたい」

と小山氏の総領との対面にこだわった。

瑞子は、使者が、小山氏が頼朝の敵か味方かを確認するまでは油断することなく、用心に用心を重ねていると見て取った。

「まもなく朝政殿が戻られよう。わらわは、頼朝様が鬼武者と名乗られたころ、乳母を務めさせていただきました、瑞と申す者です。頼朝様がご無事でなによりです。一時はどうなのか心配で心配で、何か良い便りをと毎日のように待っていました」

「ありがたいことです。帰りましたら早速ご報告いたします。先の石橋山の戦いは、相模の大庭景親、武蔵の畠山重忠らの裏切りに遭い、敗北を喫してしまいました。我ら幕下の者の力不足でありました」

「ご苦労です。戦は時の運と申します。過去は過去として、明日への戦いに期待しています。ところでお急ぎでしょうが、今日は朝政と四方山話などなさって、おくつろぎ下さいませんか。明日、頼朝様からの教書は、呼び寄せる重臣の前で披露して頂きたいと考えております。もちろん、わらわ一存の願いですが、朝政殿も了解してくれると思います」

「了解しました。よろしくお取り計らい願います」

瑞子の言動に安心したのか、使者はここで初めて、

「わしは、相模国出身の土肥実平という者です。もともとは北条時政殿に仕えておりましたが、今度の頼朝様挙兵から頼朝様のお側に仕えることになりました」

と名乗り、これまでの非礼を詫びた。

その後間もなく、朝政が帰館した。朝政は実平と夜遅くまで酒をくみ交わし、時には笑い声をはり上げ、時にはしんみりと周囲の者が訝しがるような低い声で話し込んでいた。


明くる日、土肥実平は昨晩朝政と深酒が過ぎたのか、それとも日頃の過労が重なったからか、小山氏への使者としての重圧からか、不覚にも朝日が天高くなってから目覚めるほど熟睡してしまった。

「お目覚めですか」

声を掛けながら瑞子が寝所に入ってきた。

「朝餉《あさげ》は少々お待ちください。今準備させていますから。恐れいりますが、朝政からのお願いですが、御教書の伝達は、正午ころに願いたいのですが、よろしいですか」

「何か不都合なことでも」

「そうではありません。辰の刻（八時）から重臣を集めて、未だ伝達されていない御教書への返答をあれこれと推測しながら討議しております。小山氏一族の意志を統一してから御教書の伝達をお受けしたいと考えておりますゆえ」

「それは結構なことです。よい結果をお待ちしています」

「それではわらわも討議に参加しますので、失礼します」

そう告げ、瑞子は実平の前から会議場である広間に足を運んだ。

会議には小山氏の傘下の主だった各郷主が参加していた。昨日中に早馬で召集をかけていたので、「何事ぞ」と早々に駆けつけてきてくれた。

集まった主な重臣は、次のとおり。

大田行朝（政光の出身地大田郷）
八田知家（瑞子の兄）

水代六次々郎（水代郷）
佐野基綱（佐野郷）
下河辺行平（下河辺郷）
小野寺道綱（小野寺郷）

瑞子の希望により、光子、宗政、七郎の三人が、のちのちのためと称して、意見を述べることは許されないが、会議に列することが許され末座を占めた。

御教書の内容は、平氏追討に決起した源氏、頼朝軍に与して合流せよというものだろうとほぼ見当がついていた。会議は、頼朝に与して平家を打倒すべしという強硬意見と、平家の世はまだまだ続くとみるべきで、中立を標榜《ひょうぼう》して時を稼ぐべきという意見に分かれて、なかなか結論を得ることができず、時間ばかりが過ぎていった。

会議をとりしきっていた朝政が、強硬派の代表として下河辺郷の領主下河辺行平に意見を求めた。行平は、

「今こそ、義朝公から受けた数々の御恩に報いるためにも、源氏再興を図る絶好の機会

である」

と主張。一方時期尚早論者、水代郷主の水代六次々郎は次のように述べた。

「京の都で大番役を務めている大殿政光様は、平家の掌の内にある。我々小山党が頼朝様一党に与したと分かったら政光様のお命が危ない。政光様が小山に帰還されるを待って政光様の指図に従うのが得策ではないか」

参列者十人のうち多くの者が、「政光様の指示を待とう」との意見に賛同の色を示した。

すると瑞子が、

「わらわにも考えを言わせて欲しい」

と前置きして、参会者にかんでふくめるようにゆっくりと、一語一語諭すように話し始めた。

「殿様を心配してくれるのはありがたいが、殿様は先の保元の大乱をするりと避けてきた機転の利く方。いかなる情勢に出会ってもうまくくぐり抜けてくると思われる。また、平清盛は、強引に今年六月二日に都を福原に移された。遷都は公家はもとより、平氏の者にも大変不評だという。そのため都は混乱していると聞く。その混乱の中で平氏の監視の眼をくぐり抜けられるか否かは政光様、殿様のご器量のうちにある。だから心配ご無用」

また、頼朝への助勢については、

「清盛の義弟平忠度は『平家にあらずんば人にあらず』と豪語しているそうな。平家の者以外は犬畜生ということだ。皆々様方には、犬畜生呼ばわりされていておめおめと生きていけるかどうか。平清盛は余命いくばくもないとのうわさ。清盛あっての平氏の勢い。清盛なくば皆の力をもってすれば平氏の公達恐るに足らずと思われる。中国の兵法書六韜《りくとう》に『善く戦う者は、利を見て失わず、時に遇《あ》いて疑わず。利を失い時に後るるは、かえってその殃《わざわい》を受く』とある。今こそ戦う時。決起すべき時と思われる」

参会者には、平家方に属する豪族たちによる、平家の力を背景にした理不尽な要求を押し通してくることに、しばしば苦汁をなめさせられたことが思い起こされた。こうした平氏の専横的な態度への反感がたまりにたまっていたので、瑞子の激しい口調は、反平家に向けた団結心の高揚への導火線となった。今まで時期尚早論をとなえていた面々も瑞子の説に圧倒されてきたのか、参会者のどの顔も、納得という顔つきに変わってきた。

瑞子はたたみかけるように語を継いだ。

「未だ誰とも相談していないのですが、我々小山氏は全面的に頼朝様を支援する証しとして、宗政と七郎を頼朝様の側に差し出したいと考えている。この小山の地には朝政を残して守りを固め、わらわが二人を連れて頼朝様へ挨拶に行く所存である。いかがでしょうか」

並みいる武将たちは、あまりにも唐突な瑞子の申し出にあっけに取られたが、一番反対すると思われた朝政が、

「それは良い考えだ。皆の者どうだろう、良い案と思うが」

と、賛意を表した。

皆一同、声を揃えて、

「後家様にそうしていただけるなら、ありがたいことだ」

「おたのみ申します」

と頭を下げた。朝政が宗政に、

「お前も行ってこい。こんな機会はめったにない。大いに学んでこい。どうだ、光様」

と、つい先ほど入室してきた光子に問いかけ、光子の同意を得ようと言葉をかけたが、

光子は思案外のことだったのか、宗政を振り返って返事にとまどっている。すると宗政が、

「ぜひ行きとうございます」

と勢いのある返事を返してきた。宗政は昨年元服して、小山五郎改め小山五郎宗政と改名していた。朝政が瑞子に向かって尋ねた。

「兵は五百連れて行くか」

「二百で十分。頼朝殿が困っていれば、預けてこなければならない。二百でも多いくらいか」

「分かった。よく考えておこう」

これで重臣会議は終わり、次いで土肥実平の登場を願った。

頼朝様の御教書を携えて実平が入室すると、領主席である上段に案内され、一同平伏した。

一同は拝礼したまま、実平が読み上げる御教書を拝聴した。御教書は以仁王の平清盛追討の令旨《りょうじ》に基づく決起であって、朝廷に叛く反乱ではないことを示したうえで、源

氏・頼朝軍への合力を訴え、軍勢派遣を催促するものであった。

朝政が代表して承知した旨を述べたあと、合力する武将二十人の名を記した文書を奉じた。さらに、

「ここに参集している各将が選抜した混成軍二百の騎馬隊および輜重隊を早急に編成し、頼朝様軍団と合流させる計画が今、成ったところであります」

と、小山氏が積極的に合力する意欲を示した。

「よくぞ申された。頼朝様も大変お喜びになられること間違いなく、さっそくお報せしたいので、今日中に出立させてもらう。騎馬隊の隊長は誰ですか。一緒に報告したいが」

「驚かすわけではないが、そこに居る、瑞子後家に務めてもらおうと考えているところです」

「えっ。奥方様が。政光殿不在とはいえ、奥方様が直々に……」

そこで瑞子が口を開いた。

「わらわでは足手まといになるかとお思いでしょうか。鬼武者様、いや頼朝様にお会いしとうて、皆々様にご無理なお願いをいたしたわけで」

「そういえば奥方様は昔、頼朝様ご幼少の砌《みぎ》り、乳母役をなされたとか聞いたことがあ

りましたが、本当の話だったのですか」

「ほんの少しの期間でしたが」

「頼朝様も大変お喜びになると思います。では近いうちの再会を期しまして、私も吉報をお届けしたいので出発させていただきます」

こうして実平は小山氏館を後にした。


数カ月後、実平から朝政に密書が届いた。

そこには、頼朝は小山氏一統が加担してくれることを大変お喜びになったこと、豊島清之、葛西清重など武蔵国の諸将が味方となったことなどが記されてあるほか、頼朝軍は三万という大軍に成長し、十月初旬に隅田川を渡り、隅田の宿に着陣する予定であると伝えてきた。

瑞子は、九月晦日、まだ幼顔の七郎、やや大人びた顔立ちとなってきた宗政を加えた二百騎の武者と五十人の荷駄隊を率いて館を出発した。朝政、光子らと共に多くの領民が見送りに集まった。

その中には兵士の親、妻、兄弟たちもいて、今生の別れと思っているのかあふれる涙を拭おうともせず、いつまでも手を振っていた。

隅田の宿に着いたのは夕暮時であった。現地では、仮陣屋の建設に多くの兵士と地元領民が動員されていた。

頼朝率いる源氏の主力軍が隅田の宿の仮陣屋に入ったのは、小山軍に遅れることたった一日の十月一日である。

古河一之助が、

「奥方様、頼朝様より先に到着できていてよかったですな」

と小山軍の判断の良さを強調した。瑞子は、交渉事に長じている渡辺寿行を呼び、

「これから本陣に行き、小山軍の代表がご挨拶したいと申し入れ、面会期日を打ち合わせてたもれ」

と指示した。

しかし、渡辺寿行はなかなか戻らず、夕闇が迫り、夕餉《ゆうげ》の時となってしまった。瑞子は供の者に夕餉をとるように命じたが、自分はとろうとせず、渡辺の帰着を待った。

やがて渡辺寿行が満面の笑みを浮かべて戻ってきた。

「頼朝様の側衆が語ったことによりますと」

と前置きして、面会の段取りや各種指示について報告した。

まず、面会は明日巳の刻（現、午前十時頃）に行う。最初は奥方様お一人で参られよとのこと。頼朝様は奥方様や小山氏のことをいろいろ調べられておられ詳しいご様子。

また、十三歳にして元服前の七郎様の着袴の儀を執り行い、烏帽子《えぼし》親になってくださるとの内意があった。準備できるものは準備せよとのおおせである。

なお、着袴の儀が済んだあと、七郎君には頼朝様から直々のお言葉とご指示があるとのことだ。


翌朝、瑞子が頼朝の仮本陣を訪ねると、頼朝軍が設《しつら》えた仮本陣は付近の民家を壊して囲をつくり幾つもの幕舎を張ったそまつなもので、万余の大軍を率いる大将の幕舎には程遠いものであった。瑞子は、これが戦陣というものかと改めて思い知らされた。

頼朝は瑞子の来訪を心待ちにしていたのか。

「瑞が見えたか、すぐこれへ」

といって、自ら瑞子の手をとって居室へと案内した。

頼朝と瑞子の面会は二十数年ぶりのことであった。源氏の棟梁として立派に成長した頼朝は、すっきりとした形のよい目鼻立ちに幼い鬼武者時代の面影を残していた。また、大柄な体つき、歩き方などは父義朝公そっくりであった。

二人は、付き人など誰も寄せつけず、二人だけで思い出話を語り合い、いつまでも話は尽きなかった。付き人が「殿、そろそろ」と促す言葉をかけたところ、

「おう、そうであったな。七郎を案内せよ。用意の品を」

と、思い出したような素振りで七郎を呼び寄せ、前もって準備していた品々を揃えさせた。

頼朝が烏帽子親となって七郎の着袴の儀はとどこおりなく行われた。烏帽子親とは、はじめて一人前の男子としての髪型を結った子に烏帽子をかぶせる人のことを言い、烏帽子親とその子は「七生までの機縁」といわれ、その関係は永久的に堅い絆で結ばれるとされていた。

七郎の元服祝いの盃を直接賜わる祝宴が行われ、七郎には烏帽子親たる頼朝から盃が下され、名を瑞子の父、八田宗綱の一字をもらい、今後「小山七郎宗朝」（のちに朝光と

改名。以後朝光と呼称）を名乗るよう命名された。さらに今後、頼朝付き小姓として仕えるよう言い渡された。

頼朝が七郎を「宗朝」と命名した背景には、まだ去就に確信が持てない瑞子の実家の勢力を確実に味方にしておくことと、自分の頼朝の「朝」の一字を授けるという形をとりながらも実は、平氏に捕らわれの身同然の政光の「政」よりは、政光代理として現小山氏一族をとりしきっている小山氏嫡男朝政の一字でもあることから、勢力基盤の弱い頼朝の心強い与力とさせるとの深慮遠謀が隠されている。

宴の中で、瑞子は頼朝に、十九歳になった宗政が麾下の一人に加えて欲しいと願っていると伝えた。

「これからは、いつ終わるとも知れぬ戦が続く。武士として力を磨く良い機会になる」

頼朝はそういって快く引き受けてくれた。

「ついては、宗政に小山の武士百人を預けておきます。主従ともどもよろしくお願いします」

その翌日、瑞子一行は、早々と寂しげな表情をする宗政と朝光を振り切って頼朝の駐屯地を後にした。

13　野木宮合戦前夜

寿永二年（一一八三）二月初頭、梅の花がほころび、おだやかな陽射しが春の訪れを知らしめているある日、威儀を正した騎馬武者三騎が前触れもなく小山館に姿をあらわした。

門前で下馬すると、その内の年長者とみられる一人が威丈高に、

「志田義広が家臣、多和利山七太と申す者である。朝政殿にお目通り願いたい」

と小山館の主、政光が不在なのを知っているのか、当然のごとく長男の朝政に面会を求めてきた。

朝政は先日来、志田義広が「頼朝打倒、平家討伐」を呼号して、出陣の準備を整えているということを耳にしていた。くるべきものがついに来たかと、使者の用件は分かっ

ているものの、接見の間に迎え入れた。

朝政は、義広が源氏の棟梁であった源義朝の異母兄弟でありながら、義朝の長男頼朝を支援するのではなく、反対に敵対するという心情が理解できなかった。志田義広が野心家であるということは耳にしていたが、これほどまでに功名心にとらわれているとは思えなかった。

七太は筋肉隆々とした、頑丈そうな身体つきをした三十代の武士であった。彼は初対面であるにもかかわらず、挨拶もそこそこに来訪の意図を語り始めた。その主旨は次のとおりである。


頼朝の力は、先の石橋山の合戦で明らかなように、平氏を打倒するにはほど遠く、結局は犬の遠吠えに終わる。

それに比べ、志田義広は、常陸、下野、上野の各豪族を叫合し、さらに北陸にも影響力のある木曽義仲をも加えて直線で結ぶと、日本を横断し二分する強力な戦線を構築しようとしている。それも八分どおり出来上がっている。この戦線を礎に西へ攻め登るという遠大な構想を描き、着々と実現にむけ準備を整えている。

下野の両虎とよばれ、下野国の声望を分け合う小山氏と、すでに志田方を表明している足利氏が手を取り合い、志田軍に合力下されれば、平氏打倒が現実のものとなる。先祖を辿《たど》れば、足利氏と同様藤原秀郷様を祖に持つ同族ではないか。ぜひ合力願いたい。

朝政は、得々と語る多和利山七太の説得をまずは受け入れ、志田義広の旗の下に馳せ参ずる意向を示して、この場を納めることが肝要と考えた。

「よく分かり申した。われら小山一族は、志田殿に合力することを約します。ただし、父政光は在京中で、平氏の手の内にあります。一方、舎弟宗政・朝光の両名は、頼朝の庇護の下にあります。よって両人の身の安全を守るため、当面、内密にしておいてくだされ」

「朝政殿の苦しい胸の内はよく分かります。小山氏合力のことは極秘としておきます」

「そうしてもらえれば、ありがたい」

「わが志田軍は、足利忠綱軍と合流するために、志田荘から西へ進軍し、途中、敵対する豪族を蹴散らしながら、また合力する者を吸収しながら進み、小山氏領の寒河郷を通過する計画である。寒河郡で小山軍と合流するのはいかがでござろう」

「そこまで計画されているとは恐れ入る。志田軍がわが領の野木宮に必勝祈願することを勧めたい。野木宮は、征夷大将軍坂上田村麻呂が延暦二十一年（八〇二）、蝦夷《えみし》を平定し凱旋途中に詣でて、社殿を造築された縁起の良い社である。そこで合流してはどうであろうか」

「それは良い考えだ。わが軍は必ず野木宮に必勝祈願することにする。良い話を聞いた」

「ただし、わが軍は総力を挙げて合力するが、如何せん、父政光が小山軍の精鋭百五十を率いて上京中のため、二番、三番手の兵卒となり、もの足りないと思われるかもしれないがが了解願いたい」

「存知ております。お気になさらないでくだされ。要はお味方くださるという旗印が肝要なのです」

七太は上機嫌で帰っていった。

朝政は、翌日、下河辺行平、佐野基綱、八田知家ら親交のある頼朝支援の豪族、在地領主十人を選んで、呼び寄せ、多和利山七太との面談内容を伝え、志田義広対策を協議した。

まず朝政が、おのれの存念を披瀝《ひれき》した。

「われら武士は、『一所懸命』の自分の土地を守るため、文字どおり命をかけて闘う。そのために勝つ者につくのは当然のことわりである。人望のない志田義広が頼朝様にとうてい勝つとは思えない。最後は敗ける志田に味方しても何も残らない。それならば今現在、勢いがあるとみられている志田を打ち破れば、我々は頼朝様から相当な恩賞をあずかれるはずだ。一丸となって、志田を打ち破ろうではないか」

しかし、現実には三万の軍隊を擁しているという志田軍を破るには、あまりにも兵力差がありすぎ、敗け戦の展望しか描けず、参列者は全員浮かぬ顔を浮かべていた。常套《じょうとう》手段では勝利できない。では勝つには何か方法があるか、どんな妙案があるかと問えば、それはすぐには思いつかず、暗い空気が漂っていた。

沈黙を破って佐野基綱が口を開いた。

「頼朝様を裏切る訳にはいかない。志田義広には前言撤回の通牒《つうちょう》を発し、全面戦争に打って出るべき」

すると末席の方から、声があがった。

「全面対決となると、西から足利忠綱も参戦してこよう。東西から挟撃されることになる。我々は全滅する」

この発言を受けて、出席者がそれぞれの思いを口にした。

「去就を明確にせず、大殿政光様の指示待ちと称してどちらにも味方せず、中立を装うべきだ」

「黙ってわが領土を通過させて良いものかどうか。後始末が大変になるのではないか」

などと、いつ統一した見解にまとまるのか分からない議論が続いた。

朝政にとっては、弱冠二十五歳という若さから重臣への統制力も弱い上に、小山氏を中心とする各豪族の命運を決する重大問題だけに、あまりにも荷が重すぎた。このままでは、小山氏と支援豪族それぞれが分裂してしまうのではないかとの恐れが生じてきた。

そこへ瑞子が口を挟んだ。

「兵法の極意は敵の判断を惑わして、疾やかにその不意を撃つと、古代中国の兵法書六韜にあります。朝政殿がすでに志田殿へ味方すると伝えてあるのですから、それはそれで良いではないか。味方するものと信じ込ませて、油断させておいて不意を撃つべきです。布石はもう打たれたのですから、あとは密かに事を運ぶのみと思われるが、どうですか」

　参会者は一様に瑞子の言葉にうなずき、賛意を表した。ただ一人、下河辺行平が、

「それでは後々の世まで卑怯者扱いになってしまうのでは」

と、危惧の念を表したが、朝政が強い口調で語った。

「滅んでは何も残らぬ。卑怯者呼ばわりする者がいれば、呼ばせればいい。我々は一所懸命、領地を守ることを第一義とせねばならない。そもそも人は生き抜いていればこそ、何事も成し遂げられるものと考える。領民を苦しみから救い、家族を養うには戦いに勝たねばならない」

　参列している諸将は、自分たちの生活の基盤である所領と領民を守り、その拡大のために命をかけて文字どおり一所懸命の決意でもって合戦に参加している者たちである。彼らは、小山氏に賭けるか、志田に賭けるか、決断を迫まれることになった。

　しかし、瑞子の女人の言とは思えない力強い言葉に、多くが心を動かされ、大勢は決した。そして会議は、「打倒志田」の一点に集約されていった。

　会議は小山軍に参集する諸将について検討が加えられた。当面、武蔵国から大田行朝、常陸国の下妻清氏、下野国の阿曽沼広綱ら二十余名の諸将の名があげられた。

志田軍は近道となる間道を通って真っ直ぐ野木宮に向かってくることが確実と見込まれることから、決戦の地は、伏兵を置きやすい登々呂木沢を選定した。

朝政率いる本隊千五百は野木宮を出て登々呂木沢に、また敗走してくる敵を捕獲する伏兵として、利根川の渡河地である高野の渡し場に下河辺部隊二百を、同じく筑波方面への逃亡を防ぐ部隊として小堤地区に二百を、それぞれ配置することにした。

ここで朝政は一本の大きな旗印を披露した。

小山氏家紋「二つ頭右巴」

「来たる決戦では、敵味方の区別がつかないほどの乱戦となる。一族の者が敵味方に分かれて戦うことにもなろう。そこでわが軍の本陣をしめす軍旗をつくった。『二つ頭右巴』の紋である。この軍旗を『右二つ巴』と呼び、この旗のあるところに本陣あり、とする」

例えば、小山氏と並び下野の両虎といわれる一方の雄、足利忠綱・有綱の兄弟は、兄の忠綱は志田方に、弟の有綱は小山方についていた。

兄の忠綱は、以仁王が平家追討の令旨を下賜《かし》した際、小山氏に下されたが忠綱に下されなかったことに不満を持ち、小山氏に敵対心を強く持ったといわれる。また志田義広とは、同じ八条院領を領有基盤としている関係上、日頃から親密な付き合いをしており、連携が成ったものといえる。

なお、八条院領とは鳥羽上皇の皇女八条院の下に集積された全国二百三十カ所ともいわれる荘園群をいう。

また、両軍の動員数は志田軍は三万余の軍兵と呼号しているが、内実は二万にも満たないであろうとみられた。一方、対する小山軍は、多く見積もっても総勢二千余しか見積もることができなかった。

二月二十日、志田義広は、本拠地志田の荘を三万の軍勢を率いて出陣した。志田軍出陣の報に接し、朝政は八田知家、下妻清氏、小野寺道綱、小栗重成、宇野信房、鎌田為成、湊河景澄らに、その旨を早馬で知らせるとともに、二十三日には決戦を迎えることになるので、至急参集されたい旨を要請した。

高野の渡の守備軍である下河辺行平、同政義兄弟と、小堤方面軍の足利有綱、有綱の嫡男佐野基綱、阿曽沼広綱、木村信綱、大田行朝らに、それぞれ所定の地へ出陣するよう促した。

また、鎌倉の頼朝軍本営では、志田軍出陣を察知するや、頼朝の異母弟源範頼を大将とする五百人の部隊を編成し、範頼付き近習として鎌倉に常駐している小山宗政を先導役として、志田討伐に向かわせた。

小山朝政率いる本隊は、朝政の旗本を中心に編成された朝政親衛隊ともいうべき直轄軍で、大田菅五（下野国都賀郡太田郡）、水代六次々郎（同水代郷）、和田次郎、池二郎、蔭沢次郎（常陸国村田庄内嘉家沢）、保志秦三郎などが、それぞれの郎従、郎党を引きつれて詰めかけてきた。

なお当時の武士の多くは、地名を名字としているが、武士が名字とする所領は、その武士の「一所懸命の地」であり、唯一無二の本領としていることを名実ともに表すものであった。

さらに朝政は、鎌倉軍に宗政を通じて志田軍を迎え撃つ布陣について、次のことを第二報として知らせた。

本陣を野木宮に置き、高野の渡と小堤に伏兵を置く。

表面上は、志田軍へ合力する約定どおりに実行するとみせかけ、志田軍が野木宮へ接近したところで、つまり地獄谷において襲撃する作戦である、と。また、多勢に無勢の戦闘であるため、不利な戦いであり、敗戦覚悟の戦いであることも付け加えた。

一方、瑞子は、かねてから思案していた、戦場で女子を活用すべき時は今をおいて外はないと思い立ち、諸将の妻女をも招集した。参集してきた八十人の婦女子を、前線看護部隊と館防衛隊の二つの部隊に分けた。館防衛隊五十人の隊長に宗政の母光子を充て、出陣組、つまり前線看護担当三十人の部隊長は瑞子自身が務めることにした。もちろんその中にはのぶやきくも入っていた。

出陣組に編入された者は比較的若く、独身者が多く、身軽な者が選ばれてはいた。しかし、それぞれが薙刀や長槍を準備せよと言い渡されたときには、予想外のことだったと見えて、「ええっ」と部隊全体に驚きと動揺が走り、ざわついた。

前線看護担当に選ばれた三十人に対し瑞子は、戦闘状況によっては、敵方と白刃を交えることになるかも分からないと説明して、改めて諾否を問うた。

すると、京育ちで合戦がなんたるかをよく理解していないはながが、「はい」と大声をあげて志願する意志を表わすかのように一歩前に進み出た。すると他の者たちもつられたかのように、一歩前に進み出て志願する意志を表明した。

瑞子は、出陣部隊の一人一人に本名、出身地、夫・父親・母親の氏名を申告させ、記帳した上で懇《ねんご》ろな言葉をかけ、激励した。さらに出陣にあたり、次のことを指示した。

・私たちは、志田軍を出迎えに行く。その心を忘れることのないよう。
・十分化粧して出発すること。「しろいもの」「紅花」を存分使用し、着物はあでやかなものを着ること。遊女にみえるような姿でもよい。化粧するのが苦手な者は、はなや光子様の手を借りるがよい。
・野木宮へは皆で牛車で行く。馬で行くことはまかりならん。
・物見遊山に行くつもりで、一人一枝、梅の花を持ち、振りかざしながら賑やかに振る舞うこと。

これには当人たる女たちはもとより、館に居残る者、周囲の見物に参集している者も、全員驚いた。

「これでは戦いにならん」

「薙刀とこの姿と、どういう関係があるのだ」

「なぜ、遊女まがいの姿にさせる」

などと抗議や疑問の声があい次いだ。

瑞子はこれらに対して、まったく取りあおうとせず、笑みを浮かべながら、

「まあまあ、黙って従いなさい」

と、繰り返すのみであった。

こうした中で若い娘は、遊女のような格好をするのは初めての経験なので、「きゃーきゃー」と騒ぎながら嬉々として楽しんでいた。

14　野木宮合戦

二月二十一日の夜、朝政の放った細作が、志田軍は二十三日の正午ころ、登々呂木沢付近を通過する見込み、その数一万三千から一万四千と報告してきた。

朝政は、高野の渡しと小堤に布陣する友軍を含む全軍にその旨を伝達するとともに、鎌倉軍の宗政に早馬を出した。

朝政は二十二日正午過ぎ、緋威《ひおどし》の鎧を身につけ、「雷」と名付けられた鹿毛の名馬に跨り颯爽《さっそう》とした若武者姿で、直轄軍を含む全軍を率いて出陣した。総勢千八百の部隊である。瑞子率いる女性軍は、間を置いた最後に出発した。

街道筋（後の鎌倉街道、中の道）に見送りに集まった村人たちは、本軍の凛々しい隊列を見送りながら、口々に「勝ってきてくれよ」「たのむぞ」などと、思い思いの言葉をかけて激励した。

その中には我が子の出陣姿を見て、「神様、仏様」と声高に無事帰還を祈る姿が数多くみられた。また、出陣に涙の見送りは禁物とばかり、必死に涙をこらえている婦人も多く、行列の去ったあと、泣き崩れる姿が痛々しかった。

しばらくして女性部隊の一群が姿を現した。その姿、出で立ちを見て、驚きの声があがった。

「こりゃあなんだあー」

「何しに行くんだべ」

と、みんな呆気にとられていた。

「これはまるで遊女じゃないか」

「志田軍を接待しに行くのか」

「まさか体を売るのではあるまいな」

などと、口々に野次を飛ばし、非難の声があがった。

女子部隊が通り過ぎしばらくすると、村人たちは冷静さを取り戻した。

「やっぱり志田様に合力するとみえる」

「合戦は小山領では起こらない」

「結局は頼朝様と一戦交えるものとみえる」

などと口々に話し合った。

「小山領内での合戦が回避される」

「家が焼かれず、こわされないですみそうだ」

「麦畑が荒されないだろう」

と、安堵の色を浮かべていた。


本陣が置かれた野木宮には、鎧、兜を身にまとったいかめしい武士が続々と集まってきた。ひとたび武装すれば、自然と武装したにふさわしい激語が交わされ、それらがかもしだす空気が鎧金具のこすれるひびきに交じり、より士気を高ぶらせているようである。

一方、志田方の細作《さいさく》は、野木宮の本陣が予想以上に合戦間近を思わせるように士気が高いのには驚いたが、先ほど確認した女部隊が戦意どころか志田の兵をいかに持て成すかを競いあっているように見てとれて、小山軍に戦意ありや否や判断つきかねていた。

それでは領民の反応はどうなのかと思い、領民をみてみると、小山軍と志田軍との合戦がなくなり、田畑が荒されないですむと喜んでいる声が多く聞こえた。細作は見たこと、見えたことを私見を加えることなく報告することにした。

志田義広は、報告を受けて高笑いした。

「朝政は味方すると言ったが、味方するにしては鎌倉へ早馬をたてたりと不審な点がみられたが、結局は我々に合力すると腹を決めたようだ。女部隊を作ったというので何をするのかと思ったが、我々を接待するためだという。ワッハッハ」

そして、

「小山はわれらの大軍を知り、屈服した」

と、自分自身を納得させるようにつぶやいた。このような志田義広は、多分に平安朝貴族のにおいをもった半公卿的武者だったといえよう。

翌二十三日の早朝、志田軍は戦闘体制を採るでもなく、間もなく小山領へ入る地域にさしかかるというのに、兵に注意を喚起するでもなく駒を進めていた。

同時刻、朝政は緋威《ひおどし》の鎧を身につけ鹿毛の馬雷に跨り、左右を太田菅五、水代文次々郎、和田次郎、池二郎、蔭沢次郎、保志秦三郎など名だたる朝政郎従で固めた出で立ちで、朝政の出番を待つ軍兵の前に姿を現した。

出陣を前に朝政は、八田知家、下妻清氏、小野寺道綱、小栗重成、宇都宮信房、鎌田為成、湊河景澄ら、各将率いる各部隊それぞれに謝意と激励の言葉をかけた。

「合戦では先駆ける者はさほど怖い思いはせぬものだ。怖い思いをする者はあとに続く者だという。怖いと思ったらけっして尻ごみしてはならぬ。人に先んじて死に向き合えば、怖い思いをしなくてすむ。生きるか死ぬかは人間が決めることではなく、天が決めることだ。天は我々の味方である」

と声を張りあげ、士気を鼓舞した。

朝政率いる小山軍は、野木宮を粛々と出発した。

一方、女子部隊は昨日までとはうって変わって、一様に一重袴、襷掛けした鉢巻きで身を包み、支給されたばかりの真新しい革靴姿のきりりとした女武者姿であった。薙刀を手にして一列に整列した彼女らは、誰の目からみても疑いなく一つの小軍団であり、単なる看護兵のみでなく、敵の襲撃から本営を防衛する武装部隊であった。

これらの女子部隊は、話に聞く、唐の平陽公主が女性だけで組織した軍隊で高祖の天下平定に大いに助力したといわれる「娘子軍《じょうしぐん》」を彷彿《ほうふつ》させるものであった。

両軍が激突する刻限が迫ったのか、朝政の放った斥候が志田軍の動向を頻繁に報告してきた。それによると志田軍は小山軍の敵対行動を察知せず、和約を信じ、戦闘体制をとることなく進軍してくる様子が分かった。

朝政は、戦闘部隊を樹木の間に潜ませ、朝政の号令一下、敵に襲いかかれるよう時を待った。

志田軍が小山軍の動向把握を怠っていたのは、先の同心する約束と、今回の遊女作戦によって、小山軍との戦闘はないと確信したことによるとみられる。

志田軍が登々呂木沢を通過しようとしたそのとき、朝政が「射て」と戦闘開始の号令をかけると同時に、一斉に矢が志田軍めがけて撃ち込まれた。

志田軍は頭上で「パシ、パシ」と音をたてながら、雨のように飛び交う矢うなりの下で、身の危険を感じたときに思わず発する「わあ」という動物的な叫び声を上げながら隊列を乱し退却した。しかし、一町（約一一〇メートル）ほど退却したあと、少なくない死傷者を出したにもかかわらず、戦闘体制を整え、追撃する小山軍に白兵戦を挑んできた。

小山軍の総大将小山朝政は、自ら太田菅五、水代六次々郎、蔭沢次郎ら近習を率い、義広本陣へ切り込んで行った。

緋縅の鎧を着し、鹿毛の馬を乗りこなし、敵兵と切り結んでいた朝政は、一際目立つのか、多和利山七太が目敏《めざと》くみつけ、大声で呼ばわった。

「そこの鎧武者は、敵の大将小山朝政殿と見受けたり。鏑矢《かぶらや》の矢交ぜもせず射懸るとは、野盗、盗賊のたぐいの卑怯な戦法。末代までも卑怯者との名を残す気かや。我が剛弓を受けてみやれ」

七太が放った矢は、真っ直ぐ朝政に向かって飛んできた。乗馬雷が矢うなりに驚き、前足を大きく跳びあげると同時に、矢を刀で払う暇もなく、太腿に痛みが走った。ほとばしる鮮血と落馬するのが同時だった。助け起こそうとする水代らに、朝政は太腿に突き刺さった矢を引き抜こうともせず、素早く起き上がるや否や、

「わしにかまうな。打って出よ」

と、怯むことなく、大声で下知を飛ばし続けた。

しかし、大将が矢傷を負い落馬したとあって、小山軍の勢いに翳《かげ》りが生じ、ジリジリと後退を余儀なくされ始めた。ちょうどその時を待っていたかのように、小堤地区に伏せておいた小堤軍が到着し戦闘に加わった。小山軍は勢いを取り戻し、攻勢に転じるこ

とができた。

小山軍が攻勢に転じたのを見届けると、朝政は安堵したのか左足に急な痛みを覚え、再びドサッと音をたてて倒れ伏した。


一方、宗政が先導する鎌倉軍は古我宿（現古河市）まで来ていた。遠方、それも北方、登々呂木沢方面から雄叫びのような声が聞こえてきた。

「遅れを取ったようだ」

源範頼はひとりごとのように叫ぶと、

「皆の者、急げ。これ以上遅れをとるな」

と大声をあげながら、軍兵を督励した。鎌倉軍は野木宮方向に全力で馬を駆け、徒歩兵は走りに走った。

そんなとき、主不在の立派な馬体の鹿毛が突進してきた。

宗政が取り押さえてみると、なんと兄朝政の愛馬雷ではないか。咄嗟《とっさ》に兄朝政は討死にしたと思った。

「しまった遅かったか」

と、大きな声を張りあげると、宗政はもう何も考えなかった。頭は真っ白だった。ただまっしぐらに志田義広の首をとろうと、小山軍と志田軍が入り乱れて刃をふるっている中に馬を乗り入れ、敵の大将を探しまわった。

小山軍と志田軍入り乱れる中にやっとのことで敵将義広を見つけ出し、矢の届く至近距離まで馬を寄せ、弦《つる》を絞った。

矢が弦を離れ、義広に命中したと思いきや、乳母子である多和利山七太が義広の前に馬を乗り入れ割って入ってきた。七太は自身が義広の身代わりとなり、胸板を射抜かれ、どっと音をたてて落馬した。宗政の近習がすぐに駆け寄り首を刎ねた。

なお、乳母子とは乳兄弟の間柄をいい、ここでは義広の乳母が七太の母であることをいう。

小堤別動隊さらに鎌倉軍の新手が加わった小山軍は勢を増し、ジリジリと志田軍を追いつめていった。

志田軍は思川を背に野木宮の南西にある、土地の者が「地獄谷」とよぶ地まで後退したが、そこは百戦錬磨の義広、後退する軍兵を押しとどめ、

「敵は小勢ぞ、慌てることはない。踏みとどまれ。足利忠綱殿の援軍がすぐそこまで来

ている。もうひとふんばりぞ」

と、声を枯らして叱咤激励した。

地獄谷は文字どおり、思川に注ぐ小川が長い年月をかけて掘り刻んだ細長く深く凹んだ急峻な谷であり、志田軍の中には落下して命を落とす者も少なからずいた。

小山軍は東方から志田軍を攻めたてたが、志田軍は陣形をたて直し、守りを堅くして、小山軍の猛攻に陣形を乱すことなく防禦に努め、隙をみて反転攻勢に撃って出る機会を狙っていた。

そのとき、突然暴風が南東方面から吹きあげ、さらに風上にたつ小山軍が枯草に火を放ったため、風下となった志田軍は巻き上がる土砂と燃え上がる炎と煙に視界を失い、散り散りになって逃げまどった。そして、攻撃陣が手薄な古我、高野の両渡し方面へと逃走していった。

ここには、作戦の手順どおり、逃亡してくる敵兵を待ち伏せしていた下河辺軍が待ち構えていた。彼らが、逃走してくる多くの兵をいとも簡単に討ち取ることができたのはいうまでもなかった。

一方、野木宮に待機している娘子軍にも、軍兵の雄叫びが聞こえてきた。その叫び声は、武器、甲冑のぶつかり合う異様な響きとなり、それも次第に大きくなり、戦闘がますます激しさを増していることを物語っていた。

娘子軍の中には夫や子供が戦場に赴いて戦っている者もおり、無事を祈る姿があちこちにみられた。

軍隊の兵糧を運搬する輜重兵が、荷車に負傷兵を乗せて運搬してきた。娘子軍は手際よくテキパキと手当てを施していたが、負傷兵の多くは生死を左右するような重傷ではなく、簡単な手当てですむ軽傷者であったのが救いだった。

しばらくして、総大将の朝政が矢傷を負い搬送されてくるという連絡が入るや、野木宮陣営の空気は一変し、誰も声にはしないものの「小山軍敗北」を思い描き、重苦しい空気が包み込んだ。

そのとき、葦毛駒に乗って鎧、太刀を帯び、手にもつ薙刀も美々しく、「われに続け」とかけ声勇ましく門外に飛び出す女武者がいた。あとに馬上姿の女武者十人が続いて飛び出して行った。呆然として見送る野木宮本営に待機している娘子軍、武士たち。しばらくして娘子軍の一人が叫んだ。

「瑞子様だ」

我に返って正気を取り戻した人々は、

「瑞子様は戦場に向かわれた」

「指揮官不在となった小山軍の指揮をとるために」

「敗勢のわが軍のたて直しのために」

などと瑞子の行動をそれぞれが勝手に解釈した。

「瑞子様お頼み申します」

「神様、瑞子様へご助力ください」

さらには祈りを捧げ、両手を合わせる者もみられた。

登々呂木沢方面に向かう途中、荷車に戸板を乗せ、その上に厳重な警戒体制をとりながら負傷者を運ぶ一団と出会ったが、瑞子はそれらに一瞥《いちべつ》もくれず、駒の歩みを緩めることなく通り過ぎた。

馬上の瑞子は、

「南無八幡大菩薩、小山を勝たせ給え。小山は滅びはせぬ。この瑞子がいる限り」

などと何度も何度も繰り返し繰り返し、祈り叫びながら全速力で走った。

瑞子が登々呂木沢の戦場へ着いたときには、すでに戦場は地獄谷へ移っており、戦場跡には、動けぬ負傷兵と死体がいたるところに転がっていた。瑞子はそれらにかまわず地獄谷方向へと駒を進めた。

そこでは小山軍が鎌倉軍と合同して、志田軍を追いつめており、浮き足だった志田軍からは指揮者らの悲壮な叱咤《しった》がしきりに聞こえるものの、軍兵の逃げ足をとどめることはかなわず、大勢は決していた。

この光景をみて、瑞子は思わず、

「勝った、勝った。朝政よくやった」

と安堵の声をあげてしまった。これまでの緊張感がなくなったのか、瑞子の体がグニャっと弛んだように思えた。

「あとひと押しぞ。勝利は我が軍にある」

瑞子は戦っている将兵を激励し、戦場を一巡した。そして急に、来る途中出会った息子朝政の怪我の状態が心配となり、戦は殿方にお任せとばかり、

「あとは存分にたのみます」

と言い残して、野木宮に向け馬を返していった。

朝政は野木宮陣営に運ばれてくると、上半身を起こして大きな声で叫んだ。

「皆に心配かけてすまん。戦は勝ったぞ。わが軍の大勝利だ、皆喜べ」

朝政の矢傷は、深手ではあるものの生死にかかわりのあるものでなく、止血の手当はすぐに終わった。

朝政は手当が終わると、横たわることなく床几に座して、次々と現れる伝令からの戦況報告を聞き、何かと指示を出していた。その姿は、二十五歳という若年ではあるが、立派な大将の振る舞いであった。

志田軍が壊滅し、小山軍勝利の報告を受け、全軍撤収の指示を出したあと、瑞子が伝令の前に進み出た。

「お味方の負傷者の救出は手抜かりありませんか」

「野火は鎮火しましたか、延焼のおそれはないですか」

など女性らしいこまやかな点にも及ぶ質問を発し、納得のいく返答を得たあと、意外な問いを発した。

「敵の負傷者はどうしていますか」

若い伝令が遠慮がちに答えた。

「負傷者で動ける者は逃亡しましたが、身動きできない者は、いまのところ放置してあります」

「そうですか。妾が手の空いている娘子隊を率いて戦場に向かいます。案内してくださ
れ」

瑞子はそう言い放ち、再び乗馬姿に戻った。

「いま戻られたばかりで、また行かれるなんて無茶です」

侍女たちは止めたが、瑞子はきかなかった。瑞子は頑固なところがあって、こうと決めたことを翻さない性質だった。

娘子軍十人を率いて陣営を出発した。

戦場に着くと、あちこちに志田兵が倒れており、痛みに呻《うめ》いていた。

軽傷の者には手当して、故郷に帰るよう諭し、自力歩行が困難な重傷者は、野木宮陣営に運び入れるよう指示した。その数は千人を超えた。

後日、志田荘の領主となった朝政は、

「あの時の手当がなければ、この命はなくなっていた」

などと志田荘の領民にたいそう感謝されたという。

敗れた志田義広は、わずかな供侍とともに足利忠綱を頼ったが、忠綱も志田軍敗北の報を聞き、気力喪失、身を隠してしまったため、やむなく甥の木曽義仲を頼り、義仲軍に加わった。寿永三年（一一八三）、義仲が都を制圧したあと、京の都の警察・検察を司る検非違使、右衛門尉に補任されたが、翌年、頼朝軍との戦いで義仲が敗北すると、逃亡先の伊勢国で討死したという。


一方、源頼朝は、逆徒鎮圧の願掛けを二月二十一日から七日間、鶴ヶ岡八幡宮で行っていた。満願となった二十七日、「志田義広の蜂起はどうなったであろうか」とつぶやいた。すると、御剣を持って御供していた、今年十五歳の小山朝光が、

「すでに義広は、兄小山朝政によって攻め落とされているでしょう」

と答えたという。頼朝は振り向いて、それに応えた
「この少年の言葉は自分の思いから出るようなものではない。まったくの神託であろう。もしそのとおりに平穏になったならば褒美を与えよう」

頼朝が屋敷に戻ったところ、小山朝政、下河辺行平の使者が到着し、義広との合戦に

大勝利を納め、義広が足利忠綱を頼って逃亡したことを報告した。

翌二十八日には、負傷した朝政の名代として宗政が参上し、討ち取った義広軍の諸将の首と生捕りした二十九人を報告した。

生捕りとなった二十九人のうち、重罪の者はさらし首、他の者は朝政軍の諸将に下げ渡された。また義広に与した諸将の所領はすべて没収され、合戦で功績のあった者に分与された。

15　瑞子、地頭に――小山一族の躍進

野木宮合戦の勝利は、源頼朝の平氏追討への展望を大きく切り開くことになった。鎌倉に本拠を置いている頼朝は、前面に強大な武力を持つ平氏と対峙しつつ、後背には、志田義広を中心とする東国の反頼朝勢力を抱えていて、双方から隙あらばいつ挟撃されても不思議でない危うい立場に立たされていた。

それが、小山氏らの働きによって、背後の敵が一掃され、常陸、下野、上野の東国地域が小山氏ら親頼朝勢力が領する安定した地域と化したため、頼朝は平氏討伐に専念できる態勢が整うことになった。

一方、小山氏もこの合戦勝利によって北関東最大の軍事力、領土を所有する勢力となり、頼朝麾下の有力な御家人の一人となった。

頼朝は、合戦終了後、ただちに志田義広らの領地を没収し、小山軍に与した各領主、豪族に配分した。

朝政には、下野国日向野郷、常陸国村田下荘の地頭職などが与えられた。

また、次男宗政には下野国長沼荘（現、栃木県真岡市）を、三男朝光には、下総国結城郡がそれぞれ授与された。

なお、のちに宗政は長沼の地を本拠地とする長沼氏を名乗り、長沼氏の氏祖となった。

また、朝光も宗政と同様、結城を本拠として結城氏を称し、結城氏の氏祖となった。

源頼朝は、異母弟の範頼、義経を二手に分けた遠征軍のそれぞれ総司令官に任じ、手始めに寿永三年（一一八四）、京都を占領している源義仲を近江粟津で敗死させた。

続いて平氏との合戦では、一の谷の戦い、屋島の戦い、壇の浦の戦いに相次いで勝利し、文治元年（一一八五）、平氏を滅亡させた。引き続き、文治五年（一一八九）には、奥州藤原氏を滅ぼし奥州を平定した。

これらの各戦闘において、朝政、宗政、朝光の小山三兄弟は、範頼軍の主力として参加、常に勇猛果敢に闘い、たび重なる戦功をあげた。その結果、三兄弟はいずれも頼朝に深く信頼され、愛顧を受け、順調に出世し、のちには御家人として鎌倉幕府の評定衆に選任されるなど中枢を占めることになる。

このように瑞子の息子が躍進する中で、文治三年（一一八七）十二月一日、頼朝は瑞子を地頭職に任命する下文《くだしぶみ》を発して、瑞子の功績を称えた。

小山七郎朝光母（下野大椽政光入道後家）
給下野国寒河郡并網戸郷
是雖為女性、依有大功也

読下し
小山七郎朝光が母（下野大椽政光入道後家）に、下野国寒河郡ならびに網戸郷を給ふ。これ女性たりといえども、大功あるによってなり。

下
下野国寒河郡并阿志土郷

可早以小山七郎朝光母堂地頭職事（以下略）

読下し
下す。下野国寒河郡ならびに阿志土郡
早く小山七郎朝光母堂をもって地頭職となすべき事

（『小山市史』史料編中世より）


瑞子を顕彰する下文を、直接、鎌倉から小山へ届ける使者として、朝光がその任についた。供侍十数人を従えた行列の先頭に、凛々しく成長したわが子が姿を見せたとき、瑞子は眼頭が熱くなった。

朝光は、頼朝の代理として上座から神妙に下文を読み上げたのち手渡しする際、下座にかしこまる母の何とも表現のしようのない、目に涙をいっぱい溜めたくしゃくしゃ顔が飛び込んできたときは、思わずよろけて倒れそうになってしまった。

そして、ただひと言、

「母上、よかったね」

と、声をかけるのがやっとだった。
「あい」
と答える瑞子の姿は、五十歳の初老の姿でもあった。

この当時、女性が地頭職に任ぜられるのは、ごく稀なことで、頼朝が瑞子を賞する理由に「大功ある」としている。

頼朝のいう瑞子の大功とは、何を指すのであろうか。

頼朝は、衰えがみえるものの、今なお絶大な権力と強力な軍事力を持つ平氏と、関東地方で大きな勢力を持つ志田義広からの誘いのある中で、石橋山の合戦で大敗北を喫した頼朝軍に与すべきと、日夜、小山氏とその一統に説き、ついには反対論者を説き伏せ、去就定まらぬ小山軍を頼朝軍に合流させた功績を高く評価したものといえる。頼朝の乳母であったことなど、特別な関係も加味されているとも思われるが、それはあと付けのように思える。

なお、今回賜った寒河郡と網戸郷は、小山領に隣接した田園地帯で、足尾山系から肥沃な土を運ぶ思川と巴波川に挟まれた豊かな穀倉地域である。

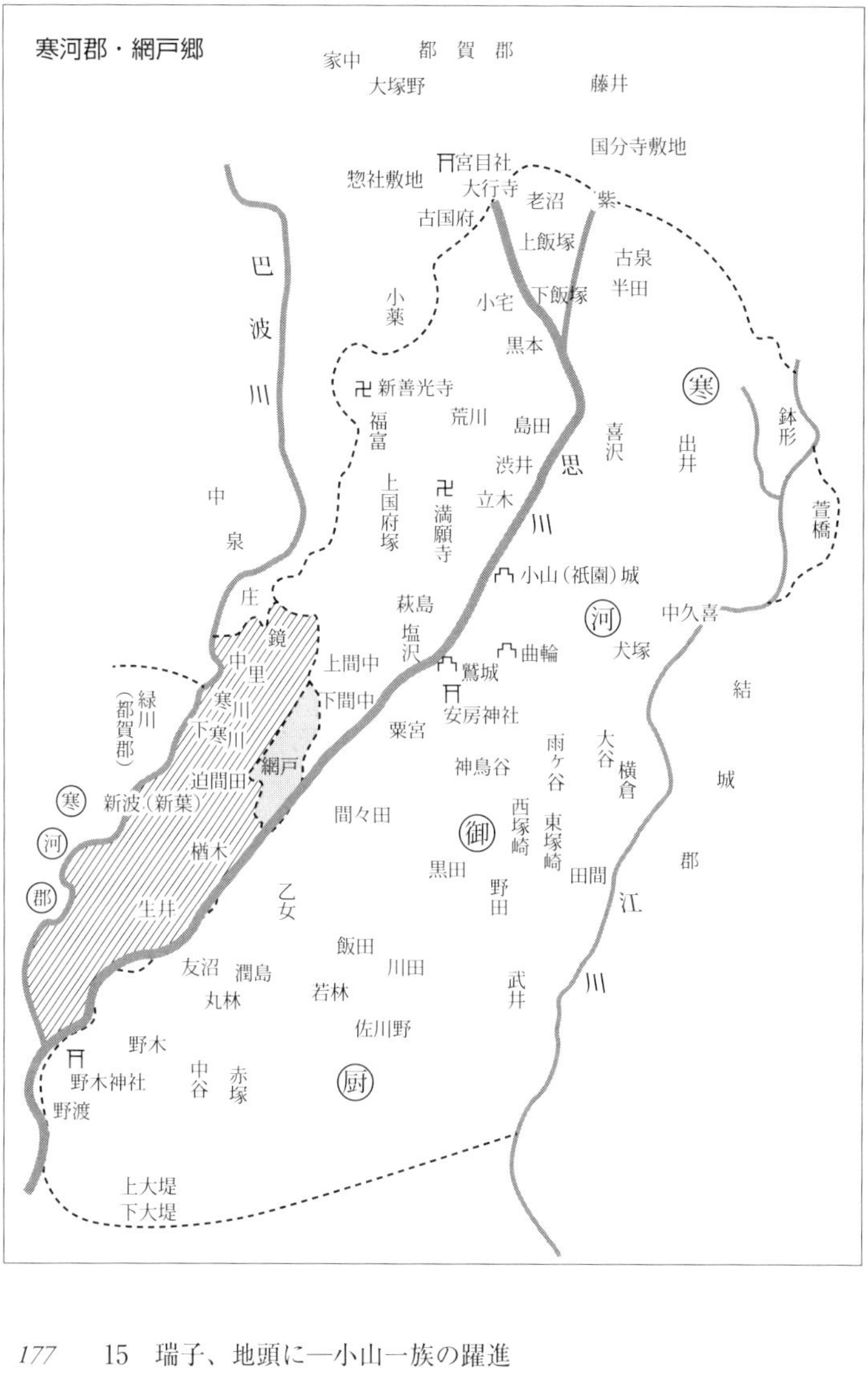
寒河郡・網戸郷
都賀郡
家中
大塚野
藤井
国分寺敷地
宮目社
物社敷地
大行寺
老沼
紫
古国府
上飯塚
古泉
半田
巴波川
小薬
小宅
下飯塚
黒本
新善光寺
寒
福富
荒川
島田
喜沢
出井
鉢形
渋井
思川
中
泉
庄
上国府塚
満願寺
立木
萱橋
小山（祇園）城
萩島
河
中久喜
鏡
塩沢
曲輪
犬塚
中里
上間中
鷲城
緑川（都賀郡）
寒川
下間中
安房神社
結
下寒川
粟宮
雨ケ谷
大谷
網戸
神鳥谷
横倉
城
迫間田
寒
新波（新葉）
間々田
西塚崎
東塚崎
河
御
櫃木
黒田
田間
郡
郡
野田
江川
生井
乙女
飯田
友沼
潤島
川田
武井
丸林
若林
佐川野
野木
野木神社
中谷
赤塚
厨
野渡
上大堤
下大堤

寒河尼墓所（小山市網戸）

瑞子の晩年は、夫政光が建保六年（一二一八）に八十五歳で死去したのち、出家して寒河尼と名乗り、寒河郡と網戸郷にそれぞれ屋敷を構え、交互に気の赴くまま自適に余生を送っていた。そして安貞二年（一二二八）、九十一歳という長寿をまっとうした。

自領の寒河郡と網戸郷については、寒河郡を朝光の五男時光に、網戸郷も同七男朝村へ譲り渡している。

このことは朝政、宗政、朝光三兄弟の母として、三人平等に育ててあげてきたものの、最後の最後になって、朝光の実母としての顔をみせたといえよう。

ここで、小山三兄弟がいかに版図を拡大し、大きな勢力と権力を持っていたかが分かる、朝政、宗政と朝光の三世白河宗広の三人が子孫へ譲与した所領を、参考までに紹介する。

・朝政譲状

一、下野国

権大介職

寒河御厨　号小山庄重代屋敷也

国府郡内

日向野郷　管田郷　蕗嶋郷　古国府　大光寺　国分寺敷地　惣社敷地同惣社

野荒居　宮目社

大塚野

東武家郷

中泉庄加納

一、武蔵国　上須賀郷

一、陸奥国　菊田庄加湯竃郷定

一、尾張国　海東三箇庄　除太山寺定

一、播磨国　守護奉行職

高岡庄

高岡北条郷

・宗政譲状

一、下野国

長沼庄　小薬郷

御厩別当職

一、陸奥国　南山

一、美濃国　石太郷　五里郷　津布良

一、美作国　西大野保内宗寺

一、備後国　平野保

一、武蔵国　柏原郷

一、淡路国　守護職
　　同国地頭職
・白河宗広譲状
一、陸奥国　白河庄南方知行分、同庄北方、宇多庄、津軽田舎郡内河辺桜葉郷
一、下総国　結城郡
一、下野国　中泉庄内二階堂下野入道跡、下総入道跡、寒河郡内知行分郷々
一、出羽国　余部内尾青村　清河村　狩河郷内田在家
一、京都屋地　四条東洞院
一、参河国　渥美郡内野田郷　高足郷　細谷郷　大岩郷　若見郷　赤羽郷　弥熊郷
　　吉胡郷　岩崎郷　牟呂郷　草間郷

主な参考文献

松崎哲久『名歌で読む日本の歴史』文芸春秋
松本一夫『下野中世史の世界』岩田選書
松本一夫編著『下野小山氏』戎光祥出版
『小山のあゆみ』小山市史編纂委員会
『小山市史研究2』小山市史編纂室
『茨城県の歴史』山川出版社
大島満雄『小山地方における藤原秀郷の後裔たち』
佐藤和彦・谷口榮編『吾妻鏡事典』東京堂出版
笠原英彦『歴代天皇総覧』中公新書
朧谷寿『藤原氏千年』講談社
『朝日百科　日本の歴史61』朝日新聞社
元木泰雄『河内源氏』中公新書

元木泰雄『保元・平治の乱を読みなおす』日本放送出版協会
元木泰雄『治承・寿永の内乱と平氏』吉川弘文館
別冊太陽『王朝の雅・源氏物語の世界』平凡社
『日本民俗辞典』吉川弘文館
中村順昭『地方官人たちの古代史』吉川弘文館
山本淳子『平安人の心で「源氏物語」を読む』朝日選書
川村裕子『平安女子の楽しい生活』岩波ジュニア新書
吉川英治　『新平家物語』新潮文庫
美川圭『院政』中公新書
鈴木哲雄『平将門と東国武士団』吉川弘文館
高橋一樹『東国武士団と鎌倉幕府』吉川弘文館
服藤早苗『平安朝の母と子』中公新書
『小山市史』（史料編・中世）小山市史編さん委員会
『日本史図録』山川出版社
杉本苑子『杉本苑子の枕草子』集英社

中江克己『日本史の中の女性逸話事典』東京堂出版
藤川桂介『暮らしの歴史散歩　生き生き平安京』TOTO出版
大町雅美他『栃木県の歴史』山川出版社
網野善彦『日本中世の民衆像』岩波新書
大伴茫人『徒然草・方丈記』ちくま文庫
守屋洋『続中国古典の人間学』プレジデント社
歴史読本編集部編『日本史に出てくる官職と位階のことがわかる本』
『中世小山氏の成立と発展』小山市役所企画政策課

おわりに

寒河尼（網戸尼とも言う）といわれる歴史上の人物は、謎の多い人物である。「小山の母」と親しまれている女性だが、その一生はほとんど不明であると言っても過言でない。

政治の主役が王朝・貴族から武士の手に移行する激動の世に、たくましく生き延び、当時としてはあまり例のない女性の地頭つまり領主様へと登りつめ、後世の人々に語り継がれている一女性の生き様に興味を覚え、一冊子にまとめてみようと思い立った。

そこで本書では、寒河尼の半生を再現するにあたり、多くの仮説を導入してえがいてみようと試みた。

野木宮合戦の主戦場とされる登々呂木沢、地獄谷の現在地について、『野木町史』『小山市史』『鷲宮町史』などはいずれも野木町の野木神社付近としながらも異なる地をあげており、定説がないようである。本書では、野木神社から古河市に至る間の思川・渡良瀬川左岸地付近を念頭において描いてみた。

読者の皆様には、読後のご感想、ご意見などお聞かせ願えれば望外の喜びです。お待ち申し上げております。

題字は、小山市在住の新進気鋭の書家、倉持大鳳先生にお願いいたしました。先生には拙著『乙女の里物語』（平成二十二年十月刊）、『戦国知久氏の興亡』（平成二十四年八月刊）に引き続き三度目のお願いとなりました。読者の皆様には力強く、躍動感溢れた美しい書体を堪能していただけるものと思います。

本書を上梓するにあたり、陰になり、日向となり、辛抱強く協力を惜しまなかった妻、ひさ子をはじめ、小生の汚い文字を解読しつつパソコン入力してくれた淵野めぐみ氏、さらに写真撮影の野澤まな嬢など、協力していただいた多くの方に深く感謝申し上げます。

また、末筆ながら随想舎の石川栄介氏には今回も大変お世話になりました。改めて感謝いたします。

平成二十六年二月

知久　豊

［著者紹介］
知久　豊（ちく　ゆたか）

1945年、小山市乙女に生まれる
栃木高校卒業
中央大学卒業
2006年、法務省定年退官

現在　保護司

著書『歴史探訪　乙女の里物語』（随想舎）
『戦国 知久氏の興亡』（随想舎）

小山《おやま》の母《はは》 寒河尼物語《さむかわあまものがたり》

2015年5月31日　第1刷発行

著　者 ● 知久　豊

題　字 ● 書家　倉持大鳳（小山市）

発　行 ● 有限会社 随 想 舎
〒320-0033　栃木県宇都宮市本町10−3 TSビル
TEL　028-616-6605　FAX　028-616-6607
振替　00360 - 0 - 36984
URL　http://www.zuisousha.co.jp/
E-Mail　info@zuisousha.co.jp

印　刷 ● 互恵印刷株式会社

装丁 ● 齋藤瑞紀

定価はカバーに表示してあります／乱丁・落丁はお取りかえいたします
 ISBN978-4-88748-305-7